学館文庫

ぼくたちと駐在さんの700日戦争 3

ママチャリ

小学館

目次

第6章　小さな太陽 …………………………………… 5

- 第1話　ノッポさん部隊（1）
- 第2話　ノッポさん部隊（2）
- 第3話　ノッポさん部隊（3）
- 第4話　チェイサー（1）
- 第5話　チェイサー（2）
- 第6話　西条、武器をとれ！　そして立て（1）
- 第7話　西条、武器をとれ！　そして立て（2）
- 第8話　西条、武器をとれ！　そして立て（3）
- 第9話　西条、武器をとれ！　そして立て（4）
- 第10話　わたしをデートにつれてって（1）
- 第11話　わたしをデートにつれてって（2）
- 第12話　Because（1）
- 第13話　Because（2）
- 第14話　Because（3）
- 第15話　Because（4）
- 第16話　預金者たち（1）
- 第17話　預金者たち（2）
- 第18話　預金者たち（3）
- 第19話　預金者たち（4）
- 第20話　預金者たち（5）
- 第21話　17人いる！（1）
- 第22話　17人いる！（2）
- 第23話　17人いる！（3）
- 第24話　小さな太陽（1）
- 第25話　小さな太陽（2）
- 第26話　小さな太陽（3）
- 第27話　小さな太陽（4）
- 第28話　さくら貝

番外編　星のメドレー ·································· 211
　　　第１話　ナンパの達人（１）
　　　第２話　ナンパの達人（２）
　　　第３話　秘所地の出来事（１）
　　　第４話　秘所地の出来事（２）
　　　第５話　♪ドナドナなど（１）
　　　第６話　♪ドナドナなど（２）
　　　第７話　♪ドナドナなど（３）
　　　第８話　あまりもの（１）
　　　第９話　あまりもの（２）
　　　第10話　あまりもの（３）
　　　第11話　流れ星の見つけかた（１）
　　　第12話　流れ星の見つけかた（２）
　　　第13話　流れ星の見つけかた（３）
　　　第14話　流れ星の見つけかた（４）
　　　第15話　シルエット泥棒
　　　第16話　米研ぎばあさん
　　　第17話　デッドヒート
　　　第18話　C-120

第6章
小さな太陽

第1話　ノッポさん部隊（1）

　夏休みが終わり、僕たちの学年は講堂に集められていました。

　僕たちグループにとって最大の難関「修学旅行」の説明会です。
　普通、修学旅行といえば、高校生活のイベントの中でもメイン中のメイン。楽しみ中の楽しみなわけですが、僕たちにとっては、ちょっと違っていました。
　いえ。修学旅行そのものは、他の生徒同様、楽しみなのですが。

「いいか。10月の旅行までの間にちょっとでも問題起こしたヤツは、修学旅行にはつれていかんからな！　わかったな？」
　生活指導の工藤(くどう)先生。

　これです。

　自慢じゃありませんが、僕たちが２年生になってからというものの、生活指導を受けなかった月は「ひと月」とし

第６章　小さな太陽

てありません。

　夏休みは、１ヶ月もありましたので、さすがにこの月はないだろう、と思ったら、となりの市の消防署からの呼び出しで、結局指導を受けてしまいました‥‥。

　西条(さいじょう)くんが先生に質問します。
「先生〜。〝ちょっとでも〟って、どれくらいですかぁ？」
「あ？　西条？　お前、行くつもりでいたのか？　お前のバスの席、予約とってないぞ」
　むろん冗談なのですが、あまりにリアリティがあったため、集まった生徒は、誰ひとり笑わないのでした‥‥。

　放課後、僕たちは憂鬱(ゆううつ)な顔でアジト教室に集まっていました。
「まったくよー。問題起こしたらって‥‥。問題起こす生徒の立場も考えてほしいよな！」
　理不尽な言いぶんです。
「う〜ん」
　腕を組む僕たち。

　なぜ憂鬱なのか？　と、言いますと、実はこの前日、すでに問題を起こしていたからなのでした‥‥。しかも駐在がらみ。言ってみれば警察沙汰(ざた)。これが問題じゃなきゃ、なにが問題かってくらい威力があります。

それもハンパじゃありません。警察官に怪我(けが)させたんですから。深刻この上ない問題です。

「今さら、今日、あんなこと言われたってなぁ‥‥」
「昨日にもどれるわけじゃなし‥‥」
「駐在にあやまりに行く？」
「それもちょっとなぁ‥‥」
「う〜ん‥‥」

　話は西条くんが退院した日。夏休み終盤(さかのぼ)まで遡ります。

　僕たちは、夏休みの間に、２度も町内の掃除をさせられておりました。
　どんなに花火大会で親睦を深めようが、それはまるでダイエットのリバウンドのごとく、元にもどってしまうのです。

　それにしても町内掃除。
　もう、ここまで来ると「**この街の美化は我々グループが担っている**」と言っても過言ではありません。

　問題は２度目でした。
　僕は、この日、母と買い物などをしていたため、一行には加わっていなかったのですが、スーパーから外に出たと

第６章　小さな太陽

たんに、炎天下、掃除をしている「感心な若者たち」がいるわけです。

「お！　いいとこに！　手伝え、お前」
「あ、西条。お前ら何やってる、って掃除か‥‥‥また捕まったわけ？」

　久保(くぼ)くんがボヤきます。
「それがなー。聞いてくれよ。西条がよー。３人乗りしよーとか言いやがってな？」
「３人乗り？　自転車で？」
「うん。俺ら部活の帰りなんだけどさ。今日は電車組が４人で、自転車組は２人だったんだよな」
「ふむふむ」
「で。こいつら駅までつれていくのに、乗り切れないだろ？　２人乗りじゃ」
　そもそも、なぜそこまでして、自転車に乗らなくてはならないのかがわかりません。

「それで３人乗り？」
「ああ。西条の馬鹿が、２人乗りは道交法違反だけど３人乗りの記述はねー、とかテキトーなこと言いやがってよー」
「え！　お前もそりゃーおもしれーとか言ってたろー

が！」
　反論する西条くん。

「それでまた駐在さんに？」
「ほかに掃除させるやつなんかいねぇだろ？」
「ふーん。それはご苦労さん」
　立ち去ろうとする僕に、
「え！　お前、手伝えよ！」
「やなこった。だいたい今日は、母ちゃんと買い物なんだよ」
「薄情だなー！　お母さん、なんとか言ってやってください」
　僕の母にすがる西条くん。

　すると母。
「お前、友情は大切にしないといけないよ」

　え！

　お母様。大切にすべき友情と、そうじゃないものってあると思うんですけど。

「さすがタカさんだなー。天才少女！」
　いや。昔はそうだったかもしれないが、少女って歳じゃ

ないぞ。ここに高校生の息子いるもん。
　この人が少女だと僕はまだ「卵子」です。
　しかし、この「少女」に気をよくした卵子の持ち主。
「もー、好きなように使ってやって！」
　いやぁ。少女で喜ぶか？　40過ぎて。

　母体が引き受けてしまったので、卵子は従わざるを得ません。
「まぁ、今日は２丁目までだからさっ！」
　と、なぐさめるように西条くん。
「え？　えらく狭くないか？　それって」
　ここは１丁目。今までの「駐在オリジナル懲罰」のパターンと比較すると、極めて狭い範囲です。

　スーパーから追加でホウキを借り、瞬く間に掃除終了！終了ったら終了！
「終わったな。じゃー僕は帰るからな」
「いやぁ‥‥。それがですねー」
「なんだよ。終わったろ？」
「駅の**便所掃除**が残ってるんですよぉ。これが」
「はぁ??」
　駅の‥‥‥。便所‥‥‥‥。
「そ、そんなの聞いてないぞ！」
「言ってねーもん」

いや……。そういう問答じゃなくって。
何を自信満々なんだ？　こいつ。

しかし、多勢に無勢。僕は、西条くんたち6人にひきずられるようにして、駅までつれていかれたのでした。

駅につくと、駐在さんはそっちに待機しておられました。
「おや？　ママチャリ。なんでお前も？」
「まぁ………いろいろとありまして………」
「わはは。友情は美しいな！　便所掃除だが」

く………！

「まぁ、人数多いに越したことないからな。じゃ、お前ら掃除始めろ」

ところがここに駅長さんがいらっしゃいまして。この方、たいへん温厚で「ほとけの駅長」とまで呼ばれている方でした。
「いやいや。おまわりさん。夏の盛りに便所掃除はかわいそうですよ。いいですいいです。業者さんが来ますから」

うーん。涙出てきます。
駅長さん！　大好きっ！

と、せっかく、ほとけがおっしゃってくださったのに、
「いや。駅長はご存じないようですが、こないだ盆のUターンラッシュで、車両占拠したのいたでしょう。こいつらなんですよ？」
　駐在……余計なことを……。

「え!!」
　駅長さん。しばらく無言になりました。

「じゃぁ、君たち。がんばりたまえ」
　えっ！

　ほとけの…………。

第2話　ノッポさん部隊（2）

　駅にかぎらず、当時の公衆トイレというのは、現代の奇麗なトイレとは似て非なるものです。
　しかも夏。その匂いたるやすさまじいもので、用をたすのもたいへん。まして掃除。
　駅にはゴム手袋が４つしかなく、僕たちは４人の実行部

隊と、3人の草むしり部隊に分かれることになりました。

運命のジャンケン！

「**ポンッ！**」

なぜ、こういう時には負けてしまうのでしょう？　僕。しかも、3人乗り、やってないのに。

結局、中を掃除することになったのは、西条くん、久保くん、僕、と、そして、新キャラの麻生(あそう)くん。
新キャラ「麻生」くんの名前は覚える必要がありません。
なぜなら、彼には駐在さんが、この直後に画期的ニックネームをつけ、生涯そう呼ばれることになったからです。

ゴム手をはめたものの、トイレの前で呆然(ぼうぜん)とたたずむ便所班4名。
「うーん。勇気いるなぁ」
「なんか、こうバリアはってあるよな。夏のトイレ」
「千尋(せんじん)の谷だよなぁ……」
4人は、口々に「夏のトイレの恐ろしさ」を語りました。

と、躊躇(ちゅうちょ)していると、
そこにホームから出てきた若い女性がトイレに入ってい

第6章　小さな太陽

きました。
　しかもこれが半端じゃなく美人でしたので、
「‥‥‥」「‥‥‥」「‥‥‥」
　これを目で追う西条くんたち。

「よし！　ぐだぐだ言っても始まんねー！　やろう！」
「うん！　やろう！　すぐやろう！」
　トイレへとかけていきます。

　しかし、駐在さん。
「こらこらこらこらこらこら！」

「はい？　なんでしょうか。ボクたちトイレ掃除してきま〜す」
「とか言って、お前ら、となりで聞き耳たてるつもりじゃぁないだろうな？」
「えっ！」
　どうやら図星。
「そ、そんな！　駐在さん、き、聞き耳たてるだなんて！ちゃんと掃除**も**しますよ」
　なんだ、その「掃除**も**」って。バレバレ。

　っていうか、どう聞いても「掃除」がついでで聞き耳がメイン。

千尋の谷が聞いてあきれます。

「あのなぁ。それ犯罪だから。職業柄、見過ごせないから」
「え？　駐在さんも聞きたいってことですか？」
「バ、バカヤロー!!!　どういう耳だとそう聞こえるんだ？」

　そうこう言っているうちに、女性はトイレを後に。よかったですね。ご無事で。
「あーあ。駐在ぃ。千載一遇(せんざいいちぐう)のチャンスを……」
「馬鹿(ばか)か！　西条。なにが千載一遇だ！　なんでこう男子高生ってのは……」
　こうして、ぶつぶつ言いながらも、トイレ掃除開始。

　が、少しして、そこへ駐在さんが入ってきました。
「お！　こら！　駐在ぃ！　まさか、掃除してる横で用たそうってイヤガラセじゃぁねーだろーな！　『細腕繁盛(ほそうではんじょう)記(き)』か！　てめー！」
「そうだそうだ。てめー、ちょっとチン○、デカいからって自慢しに来たのか？」
　これは麻生くん。

　繰り返しますが、彼にはこの後画期的ニックネームがつ

第６章　小さな太陽　　　17

くので、名前を覚える必要はありません。
　麻生くんは、小柄でせわしい「口から入るタイプ」で、僕たちの中では、普段は森田(もりた)くんと同じ「工作班」にいます。
　これだけの人数いると、いろいろ役割分担があるわけですね。
　僕たちは、この工作班のことを「ノッポさん部隊」と名付けていました。
　そうです、そうです。『できるかな』の、ノッポさん。

「ん？　デカいって？　デカいのか駐在？」
　西条くんが聞きかえします。

「え！　その‥‥‥こないだ病院でトイレ、隣に来た時‥‥ちょっと見えたんだよ！」
「はぁ？　麻生。お前、なにのぞいてんだ？」
　と、駐在さん。

「ほ、ほら。隣の芝生は、き、気になるだろうがよっ！」
「あー。お前ら若いからなー。気になるんだよなー。うんうん。覚えあるぞ。俺も」

「そ、そうか。駐在、デカいのか‥‥‥」
　西条くん、かなりショックなようです。なんでショック

なのかはわかりません。
「うん、でも大丈夫だぞ。麻生。大きさ、たいして関係ないから。お前くらいちっちゃくとも支障ないぞ」
「げ！　てめーも見てんじゃん！」
　しかも「**チン○ちっちゃい**」って公言されてます。麻生くん。
「いや‥‥偶然目に入ったっていうか。まぁ、そういうコンプレックスって、あるもんだよな。若い時は」
「コ、コンプレックス‥‥‥‥」
　この言葉で**小ささ確定**。

「だがな。麻生。チャーリー・チャップリンって人を知ってるだろ？」
「ちゃ、ちゃっぷりん‥‥‥‥？」
「うん。チャップリンはな。**ちっちゃくて帽子かぶってた**けど、世界的人物になったぞ」

　いやいや。駐在さん。
　チャップリンが小さくて帽子かぶってるのは外見の話であって、そのままチン○にあてはめてどーする!?
　さらに帽子かぶってることまで公言された麻生くん。たまりません。2巻で説明しましたように包○は、男子高生最大の屈辱。
　ひとつとして例えになってません。チャップリン。

第6章　小さな太陽

僕たちはこの暴挙とも言える例えに一瞬無言になりましたが、言うまでもなく、その後、

大爆笑!!

「そうかー。あはははははは。麻生、帽子もかぶってたのかぁ?」
「ち、ちっちゃくって‥‥‥帽子‥‥‥ひぃ〜〜〜」
「わはははははははは。ちゃ、ちゃっぷりん。さ、酸素足りねー、ケホケホ」
「うっ、呼吸したくねーのに!　わははは。トイレで笑わすな!　駐在!」

　そうです。
　この日から麻生くんのあだ名は「**チャーリー**」になったのでした。

　当然本人は不満タラタラ。屈辱のあだ名です。
「な、なぐさめになってねーよっ!　ていうか、なぐさめんな!　馬鹿駐在!」
　チャーリーくん。もっともなご立腹でした。

　駐在さんは、別にチン○の大きさを自慢しに来たわけで

はありませんでした。そんな警察官いたら困ります。

　駐在さんは、駐在所からゴム手を持ってきていたのです。
「なにもお前らだけにやらせるとは言わん。俺も手伝うぞ」
「え！」
　と、感動するかと思いきや、
「じゃぁ……駐在さん。男子便所お願いしま〜す。僕たち女子便所行くんで〜」
　と、逃げようとする僕たちを、
「待て待て」
　ゴム手で捕まえる駐在さん。

「うっ！　うわーーーー！　駐在！　ゴ、ゴム手ゴム手！　く、口に当たってる！　口に！」

　あえなく御用。

第3話　ノッポさん部隊（3）

　さんざんな苦労で便所掃除を終えた僕たち。

駅を後にしようとしたときに、駐在さん。
「もう、3人乗りとか、馬鹿やるんじゃないぞ！」
「はい。大丈夫です。駐在さん。ひとり帰って、こいつが来たんで自転車3台になりましたから‥‥‥」
「んあ？」

「2人乗りで帰れます！」
　と、僕たちは2人ずつ3台に分乗し、猛ダッシュ‼

「ば、ばかやろー！　2人乗りもダメに決まってるだろうがぁ！」

　駐在さんの罵声(ばせい)を背に受けながら、大笑いで立ち去る僕たちでした。

　僕たちは、その足でグレート井上(いのうえ)くんの家へと向かいました。
　グレート井上くんの家は、なにしろご良家ですので、お母さんの出されるデザート類が、とにかく豪華でした。
　駅では重労働のあげく、「熱いお茶」だけでしたので、せめてシャービックくらいは口に入れたかったのです。

　道すがら、さんざんなめにあった「チャーリー」がボヤきます。

「なんだよ。チャップリンはちっちゃくて帽子かぶってても世界的人物って‥‥‥。そいじゃなにか？　俺のチン○は世界的になるのか？」
　確かに。そんな有名なチン○、持ちたくありません。

　英語好きの久保くん、
「うーん。チン○・オブ・ザ・ワールドだな」
「うん。なんかカレン・カーペンターが歌ってそうだよな！」
　歌わねーよ。そんなへんな歌。

「まぁ、チャーリー。いいじゃねぇか。多少、人よりちっちゃくても」
　西条くんがなぐさめます。どこもなぐさめになってませんが。
「チャーリーって言うなっ！　馬鹿！」
　当然憤慨(ふんがい)。
「え？　っと、でも、君、本名、なんだったっけ？　あんまりチャップリンの印象強くて忘れた」
「な、なんだとぉ！」

　しかし、言い分が我々に通るわけもなく、彼は卒業以降も、ずっと「チャーリー」と呼ばれるのでした‥‥‥。

第6章　小さな太陽

やがて井上宅到着。
「んんん？」
　会う早々、グレート井上くんがしかめっ面をします。

「なんか······トイレ臭（くさ）い······」
「そうなんだよー。実はなー········」
　西条くんが「千尋の谷」の成り行きを説明しました。

「でも、そんなに染み込んでる？　俺ら」
「うん。臭い。すっごく臭いっ!!　お前ら、今日は家に入るな!!」

　え～～～～～～～。

　友情は「カメ虫」扱い。
　せめてシャービック·········。

　が、因果というのはどこに転がっているかわかりません。
　僕はこの時、納屋（なや）においてある、とある物を発見。

「井上、あれは······」
「ん？　ああ。あれ、夕子（ゆうこ）がちっちゃいとき乗ってた自転車だけど。それがどうかしたか？」
「いや······あれ、もらえるか？」

「ああ。もう使うことないからな。何に使うんだ?」
「うん。ちょっとな。チャーリー、お前、駐在さんに復讐(ふくしゅう)したい?」
「おお! もちろんだとも! なーにがチャップリンだっ!」

　ここでグレート井上くんが聞きました。
「チャーリーって‥‥‥誰?」

　再び成り行きを説明する西条くん。
　グレート井上くん、言うまでもなく、

大爆笑!!

「‥‥‥‥でも、それと夕子の自転車とどういう関係あるわけ?」
「うん。これでな‥‥‥‥」
　説明をする僕。
「お、おもしれ〜〜〜〜〜〜!」
　西条くん、
「なんでお前の頭脳ってそんなに悪徳なわけ?」

　明晰(めいせき)って言えっ! 明晰って! め・い・せ・きっ!

第6章　小さな太陽　　25

「ノッポさん部隊、集められるかな？」
　これに対しチャーリー、
「そんなもん２人もいればじゅうぶんだぜ」

「よしっ！　やろう！」
　チャーリーは、さっそく夕子ちゃんの自転車から部品をはずしました。

「じゃぁ井上、これもらうぞ」
「ああ‥‥‥いいけど‥‥‥‥」
「ん？　どうしたんだ？」
「あのさ‥‥‥。西条‥‥‥」
「ん？　俺？」

「なめないのか？　今日は」

「なめるかっ!!!　鉄分っ!!!」

　しかし、西条くん、少し考えると、
「井上ぇぇ！」
「な、なんだよ。深刻な顔して」

「サドルくれ」

そして問題の「修学旅行説明会」の前日。
　ノッポさん部隊が加工した「夕子ちゃんの自転車の補助輪」を持って、僕たちは駐在所前に。
　小声で話し合う僕たち。
「チャーリー。何分で終われる？」
「大丈夫。練習して来たからな。2分あればじゅうぶんだ」
「よし！　行こう！」

　そうして僕たちは、駐在さん自慢の秘密兵器「自転車2号」に、補助輪をとりつけ、フレームに大きな大きな看板をぶらさげました。

『仮免許練習中』

第4話　チェイサー（1）

　細工はカンペキでした。
　『仮免許練習中』は、実際の教習車についているものよりは、ひとまわりほども大きく、かなり目立ちます。
　書体もばっちり。さすがノッポさん部隊！

自転車２号は、駐在所前にありましたので、もともと目立ちます。
　僕たちは、通りを歩く人たちがどんな反応をしめすか興味がわき、しばらくそれを観察することにしました。これこそ「イタズラの醍醐味」です。

　この頃、駐在さんは、駐在所の奥にいて、このことには気づいていませんでした。
　もちろん、僕たちが気づかれるようなドジは踏みません。場数が違います。
　商店街にある駐在所は、なかなか人通りも多く、たくさんの人たちが行き交います。

　やがて、
「クスクス」
「なに？　これぇ？　やだぁ」

　往来する人たちが気づき始めました。
　駐在さんは、事務机に座り、なにやら書類の整理などをしておられましたが、この騒ぎには気づいていませんでした。

　しかし、女子中高生の下校の時刻ともなってきますと、

騒ぎはかなり大きくなります。
「え？　え？　なになに？　これぇ？」
「きゃはははは。おもしろ〜い♪」
「なんで？　ねぇ？　なんで？」
　女子中高生というのは、現代もそうですが、こういうことに遠慮がありません。思うぞんぶん、せいいっぱいの大声で騒ぎ立てます。
　さすがの駐在さんも、ようやく通りの「異常事態」に気づかれました。
　まぁ、いかに「正義の駐在所」とはいえ、そんなにそんなに通る人通る人、笑顔なわけはありません。

　そろそろ僕たちも引き上げ時です。
　僕たちは、また自転車に分乗すると、静かにそこを立ち去りました。

「あー。気づいた時の駐在の顔見て〜な〜」

　が、それからちょっとして、はるか後方から、ガラガラという聞き覚えのない音が近づいてきます。
「？」「？」「？」

「きっさまらぁ〜〜〜‼」

第6章　小さな太陽

「！」「！」「！」

　げっ！
　なんとすぐ後ろに駐在！
　補助輪つけたままで、思いっきり全速力で追っかけてきているではありませんか！
　見ることできました。駐在さんの顔。すっげー顔です。

　やべ〜〜〜〜！

ガラガラガラガラ

　ものすごい音です。補助輪。

「バレた！　逃げろ！」
「あほ！　お前が駐在の顔見たいなんて言うから‥‥‥！」
「そのせいじゃねーだろっ！」
　言い争っている場合じゃありません。

　駐在さん。よほど腹が立っているのでしょう。
　速い速い。尋常な速度ではありません。おそらく、世界中で補助輪つけた自転車の最高速度をマークしているのではないでしょうか？

僕たちは、こういう時の逃亡方法をよく心得ておりました。
　とにかく曲がりに、曲がりに、曲がること。交差点では分かれること。これがコツです。

「**待て〜〜〜!!!**」

　待ちませんって。なんで警察官って、追っかけるのに「待て」って言うんでしょう？
　当然ながら、待つくらいなら逃げません。

ガラガラガラガラガラガラガラ

　補助輪付けた自転車で、爆走の駐在さん。
　もう道行く人、みーんなビックリ振り向きます。そらーそうだ。

「なんで僕たちって決めてかかるんですかぁ〜！」
　後ろ向きで声をかける僕。
「じゃーなんで逃げるーー!?」
　するどい。
「追っかけてくるからでしょーがーー？」

ガラガラガラガラ

「そこで待ったら追っかけないでやるぅーー‼」
「やなこってすぅー！」
「ほらみろぉー！　お前ら以外にいねーんだよーー‼」

ガラガラガラガラ

　駐在さん。いい推理だ。ってわかりますけどね。誰でも。

　そうこうしていると、ようやく左に曲がる小道がありました。
　かなりの急カーブ。僕たちはそこを急左折。
　そして駐在さんも‥‥‥‥。

　と、
「のわ～～～～！」
　叫んだかと思ったら、

グワッシャーン‼

　駐在さん。補助輪が邪魔してコーナーで転んでしまいました。
　そうなんです。補助輪ついてると、自転車乗れる人には、

えらく扱いにくくなるんですよねぇ。

　が。
　駐在さん。起き上がりません。
　倒れたまま。
　あ、あれ？
「ちゅ、駐在‥‥‥さん？」
　動きません。

　僕たちは、ちょっと心配になり、自転車をUターンさせて、少し駐在さんに近づきました。
「だ、だいじょうぶですか？　駐在さん‥‥‥」

　ーーへんじがない。ただのしかばねのようだ▼Ⓐー

第5話　チェイサー（2）

　僕たちは駐在さんのそばで自転車を降りました。
「ちゅ、駐在さん、大丈夫、です？」
「‥‥‥‥‥」
「す、すいません。まさか、こ、転んじゃうとは‥‥‥‥」
「‥‥‥‥‥‥」

第6章　小さな太陽

が、
　駐在さん、0.5秒くらいでスックと起き上がると、今度は猛ダッシュ!!

「お前らぁーーーーー!!!」

　さらに怒り爆発!!
　勝手に転んだくせに。
「に、逃げろっ!」
　僕たちも再び自転車に飛び乗ると、おおあわてで逃げ出しました。
「くっそーーー!　フェイントかよっ!!」
「大人はきたねーぜ!!」
　子供のきたなさは棚の上。

　しかし、さすがこっちは自転車。タッチの差で走る駐在さんを引き離すと、下り坂へ。

「でも、なんか駐在、顔から血ぃ出てなかったか?」
「ああ。なんか、あそこの道路工事の看板か何かにぶつけたらしい」
「もどる?」
「馬鹿言え!　今度は便所掃除ツアーになるぞ!」
「そーだそーだ。そのうちあだ名〝便所〟になっちゃうぞ。

あれだけ匂いつけてると」
　そんなに何人も「便所」なんて同じあだ名つかないと思いますが。

「まいったなー」

　僕たちはそのまま近くにあった自転車屋に逃げ込みました。木を隠すなら森です。

　びっくりしたのは自転車屋のご主人。
「な、なんだ!?　お前たち、なんだって店の中まで自転車で……」
「あ？　自転車屋なんだから自転車で驚くなよっ！」
　と、孝昭くん。

「あ……あーすいません。なんかパンクしたみたいなんで見てくれませんか？」
　必死にフォロー。
「み、見るのはいいけど、なんだってお前たち、看板に隠れてんだ？」
「と、とにかく。パ、パンク。それからえっとチェーンも切れてるみたいだからそっちも！　あとワックス洗車！」
「せ、洗車？」
「いーからさ！　俺らお得意様だろ!?　見てくれよっ！」

第６章　小さな太陽

ここで自転車を買い続けている孝昭くん。強引です。

　ぶつぶつ言いながら、僕たちの自転車を調べる自転車屋のご主人。
「パンクなんかしてないぞ？」
「そ、それがしてんだよっ！　さっき、マキビシふんづけたんだから」
　どこに落ちてんだ。そんなもん。
「マ、マキビシって？」
「い、伊賀のやつらがまいたんだよっ！」
　伊賀市の人が聞いたら激怒します。
　勝手に店の奥に入って身を縮める僕たち。もうスリル満点。

　５分ほども身を潜めていたでしょうか。どうやら駐在さんは追ってこないようでした。
「ふ〜。まいったぜ〜」
　一安心。

　ご主人、
「やっぱりどれもパンクなんかしてないぞ？」
「そうか。伊賀もののマキビシもたいしたことねーな」
　伊賀市の人が聞いたら、さらに激怒します。
「ワ、ワックス洗車はいいのかい？」

「はぁ？　洗車なんてやってねぇだろ？　この店」
　孝昭くん。自分で言っておきながら。

　ようやく自転車屋さんを後にした僕たちでしたが、
「いやー。あんなに本気で追っかけてくるとはなー」
　と、チャーリー。
「うん。驚いた。２人乗りのときの比じゃないな」
「でも大丈夫かな。警察官、怪我させちゃったぞ。俺ら」
「うーん」
　どんどん人生泥沼です。
「また公務執行妨害？」
「補助輪付けた自転車で走るのって〝公務〟か？」
「でも犯人追跡は〝公務〟だよねぇ。乗り物関係ないんじゃねぇ？」
　立派な法律論のようですが、相手は補助輪。これほど補助輪を熱く語り合った高校生も希有です。

「ああ……この歳でリチャード・キンブルかよ……！」
（リチャード・キンブル＝米ドラマ『逃亡者』主人公）
　いやいや。リチャード・キンブル「殺人容疑」だから。自転車に補助輪付けたのとはだいぶ違うぞ。リチャードも怒るぞ。

第６章　小さな太陽　　37

「まったくとんでもねーおまわりが赴任してきたもんだな〜」
「ほんとに‥‥‥」
　結局、自分たちの悪事は棚に上げ、警察の人事そのものに責任を求める僕たち。

　駐在所に様子を見に行く、という意見も出ましたが、あのときの駐在さんの血だらけの形相を思い出すと、とてもそんな勇気出ません。
　なにしろ花火泥棒・パトカー泥棒の直後ですから。思えば立派な犯罪集団。
　僕たちは、結局その日はそのまま帰宅してしまったのでした。

　翌日、僕たちは駐在さんの「待ち伏せ」に備えるために、はてしなく遠回りをして登校しなくてはなりませんでした。
　あまりに遠回りすぎて遅刻。
　とはいえ、こんなこといつまで続ければいいのでしょう？

　そして、例の修学旅行説明会。「問題起こしたやつはつれていかない」発表です。実際、昨年は1名が行けなかったらしき噂（うわさ）が、生徒の間では、まことしやかに伝えられていました（後からガセとわかるのですが）。

絶望か？　修学旅行。

ああ‥‥‥京都が遠ざかる‥‥‥。
補助輪付けて。

第6話　西条、武器をとれ！　そして立て(1)

　話し合いの末、僕たちは、とうとう駐在さんに「自首」しに行くことに決めました。駐在さんの怪我も気になります。

　分母が多いほうがいいってんで、まったく関連ないやつまで含めて結局12名。実行時の2倍の人数です。

　ありがたいことでしたね。まったくやってないのに「自首」につきあうっていうのも。高校生ならではの友情です。

　もっともその80%は、駐在さんの奥さん見たさだったにも思えますが。男子高校生ならではの友情です。

　駐在所前で溜息(ためいき)をつく僕たち。

「た、たのも〜！」
　道場やぶりか？

扉の後ろ。駐在さんが憮然とした顔で僕たちの前に仁王立ち。

「あ。あの‥‥僕たちぃ‥‥‥‥」
「入れ」
「はい〜‥‥」

　僕は椅子に座り、残りメンバーは立ったまま。なにしろ狭い駐在所に12名。あふれんばかりです。
　椅子に腰掛け、ニコリ、ともしない駐在さん。
「これ、なんだと思う？」
　額にあてられたガーゼと絆創膏を指さします。
「そ、それは〜〜〜」
「え、えっとー。こ、**恋のおまじない**？」
「あ、あーそうそう。ひ、額に好きな子の名前書いて絆創膏でふたしとくと恋が叶うってやつ！」
「そ、そういえば、クラスの女子でおおはやりだー」

「ちがうっっ!!!」

「‥‥‥‥」
「‥ガラスに３度、こすりつける‥‥だったかな‥‥‥」
「これはなぁ。怪我したんだよなぁ、怪我。自転車で転ん

じゃってなー」
「そ、それは災難でしたね‥‥」
「うん。とんでもねー災難だった。なにしろ俺は‥‥」
「はぁ‥」
「**自転車、練習中**なものでなぁー。うまく乗れねーんだよなぁー」

　く、くそ。どうにかこの状況を打開しないと‥‥。

「**仮免許**まではあるんだがな？」
「さ、さすが駐在さん‥‥ですね」

「**きさまら！　あれが本当に窃盗犯とか追わなきゃいけなかったら、どうなってたと思うんだ!!!**」

「は‥はい‥‥‥‥」
「だ、だから謝りに来てんだろ？」「そうだそうだ」「馬鹿駐在‥‥」
　極めて小声で反論する後ろのメンバーたち。

「**んあ？　なんだって？**」

「いえ。だから、申し訳なかったなぁ‥‥‥‥って。ところで、その‥‥‥‥」
「なんだ？」

第6章　小さな太陽

「あの‥‥‥こ、これってもう学校に言っちゃいました？」
　すっごく肝心な質問です。
「あ？　なんでそんなこと聞く？　めずらしいな、お前らが学校気にするなんて。普段好き放題ないがしろにしてるくせに」
「え、いえ。別に‥‥‥」

「はは〜ん。なにか学校に伝わると不都合なことがあるんだな？」
　げ！　薮から蛇です。

「うん。明日あたり言っちゃおうかなぁ、とか思ってたが」
「ぐっ‥‥‥」

　ああ。修学旅行。風前の灯火。

　ところが駐在さん。
「まぁ。君らの心がけ次第では言わないでやらないでもない」
「な、なんでしょう？」
　一筋の光明。
「うん。パトカーがだいぶ汚れてきたしなー。今日、洗車

しよっかなーって思ってたんだが‥‥」

　つけこんできやがった‥‥！

「あ！　そ、それ！　やります！　なんか僕たち、すっごく車洗ってみたい気分だったんですよ〜〜〜」
「そうか？　そりゃ奇遇だなぁ」
「はい〜。奇遇ですね〜〜〜」
　便所掃除にくらべりゃ軽いもんです。なにしろ今度は12名。
「それから**うちのスターレット**も、ここんとこワックスかけてなくてな‥‥‥」
「あー。ワックスですね。はい。ワックス、かけます。かけます」
　便所掃除にくらべりゃ軽いもんです。なにしろ今度は12名‥‥‥。
「そうかぁ。悪いなぁ。君たちぃ」
　くそ〜！　図にのりやがって。こんな警察官ありか!?
　みてろ！　将来ブログにでも書いて全国に報告してやるっ！　などとは、当然、当時は思いませんでしたが。

「ついでにな」
「はいはい」

第６章　小さな太陽

まだあるのか？

「和菓子屋さんのカリーナも汚れてたなぁ‥‥ご主人、洗うひまもないほど忙しいって嘆_{なげ}いてたなぁ」

「はぁあ？」

「うん。それからほら。お前らが世話になった本屋さんな。あそこの**セドリック**も泥かぶったまんまだったなぁ」

「ぇぇええええ？」

　これにはさすがに憤慨。
「ちゅ、駐在ぃ‥‥‥！」
「明日あたり、工藤先生とでも飲もうかな？」

「洗車、やらせていただきます!!」

　という成り行きで、商店街の車、ほとんどを洗車することになった僕たち‥‥‥。
　便所掃除にくらべりゃ‥‥‥。

　軽くねーじゃん！

気が遠くなりました。しかし、修学旅行には代えられません。

「お、奥さんにはワックスかけなくていいですか？」
　孝昭の馬鹿です。
「んなっ!?　たのむかっ！　バカ野郎!!!」
「そうそう。それは駐在さんが毎日かけてますよねっ！」
　ジェミーの馬鹿‥‥‥‥。
「バカだなー。**蠟燭(ろうそく)とワックスはちょっと違う**んだぞ」
　西条の馬鹿がトドメ。
「なっなななななな‥‥‥‥‥！　**きさまら！　わかったらさっさとやれーー!!!!**」

　というわけで、僕たちは３人ずつ４班に分かれて今度は洗車。
　西条くん。駐在さんとこのスターレットのドアを開け、すでになにかしています。

「ああ‥‥‥‥この助手席に奥さんのお尻‥‥‥」

　助手席のシートにすりすりしていました。
　ただ、ひたすらにうれしそうです。

　しかし駐在さん、

「あのなー。西条。それ女房の車だから、助手席は俺が乗るんだ。もっぱら」

「あ゛‥‥‥‥？」

第7話　西条、武器をとれ！　そして立て(2)

　さて。僕は、西条くん、チャーリーといっしょに和菓子屋さんを担当。

「おや。駐在さん。いつもご苦労さまです。どうしたんですか？　今日は〝家来〟つれて」

　よくよく「家来」に縁があります、僕たち。きっと祖先もそんなもんだったのでしょう。

　駐在さんがにこやかに挨拶。
「いやいや。ご主人。こないだ車洗う暇もないって嘆いてたでしょう？」
「あー。ええ」
「今日はこいつら‥‥いえ、この子たちがですねぇ。町の掃除のかわりに、今度は洗車のボランティアをしたいって

んで」

　勝手言いくさりやがって！
　でも修学旅行、修学旅行‥‥。ガマン、ガマン‥‥。

「ええ？　普段店の前掃除してくれるだけでもありがたいのに。町内で評判だぞ。君たちぃ」
　そらぁ評判でしょうよ。あれだけしょっちゅう町内掃除してりゃ。
「あの悪ガキたちがどうしたのかってね。なんかの〝罰則〟でも受けてんじゃないか、なんて冗談でね？」
　うーん。ほんとに冗談なんでしょうか？　どう考えてもわかられている気がするんですが。
　噴き出す駐在さん。

「でもねー。駐在さん、せっかくなんですが、うちのカリーナね。昨日、あんまり汚れたんで洗車したばっかなんですわ」
「え？　そうなんですか？」
　やった！
　駐在、目論見ってのはそんなに当たるもんじゃねーんだよっ！
　１台マイナスです。

第６章　小さな太陽　　　47

が、
「あー。それより、店のデリカがね。汚れてるから、こっちやってもらっちゃってかまいませんかね？」

　デ、デリカ？　あのでかい？　ワンボックス？
　事態悪化。1.5台プラス。

「ああ。かまわんですよ。デリカだろうが〝ふそう〟だろうが」

　くっそぉ〜〜!!!
　少しは遠慮しろよっ！　和菓子屋！
　だいたい和菓子運ぶのに、こんなデカい車いらねーだろ⁉

　ちょうどこんな会話をしている最中、店からOLさんが出てこられました。
「ありがとうございました。それではよろしくおねがいします」
「こちらこそ」
　営業まわりでしょうか。和菓子屋さんの奥さんとごく普通のビジネス的会話がかわされていました。

　しかし。

このOLさんこそが、神様の与えた「偶然」だったのです。

「じゃぁ、ママチャリ、西条、がんばれよ!」
　駐在さんが西条くんの肩をたたきます。
　くそ～～～～。

　このとき、さきほどのOLさんが、この言葉に反応しました。
「さい……じょう?」
　そして……、
「さ、西条!　西条くん?」
「え?」
　振り向く西条くん。
「あ……………」
　西条くんの驚きは相当なものです。
　しばらく言葉が出ないようでした。

「ゆ、ゆ、ゆき姉(ねえ)?　ゆき姉か?」
「やっぱり………。西条なのね!?」
「ゆき姉!　な、なんで………」
　OLさんが西条くんの元へ駆け寄ります。
「ゆき姉!　会いたかったよ!」
「あたしも。ずっと会いたかった」
　かなり感動の再会のようです。

そしてあの西条くんが!
女性と抱擁!

えええええええええええ!!??

当然ですが、ミカちゃん以外では初めて見ました。
僕も駐在さんもビックリです。

「ゆき姉。なんでここに?」
「うん。いろいろとあって。ここの銀行の支店に配属されたのよ」
「そっかぁ。ゆき姉、銀行つとめてたんだ〜。8年‥‥‥。いや9年ぶり?」
「そうね。それくらいになるかもね。おじさまとおばさまは元気?」
「あー。父は、一昨年(おととし)‥‥亡くなりました」
「え? おじさまが!? そうだったの‥‥‥‥‥」
「うん。でも母ちゃんは元気。ゆき姉のこと知ったら、きっと喜ぶよ」
「うん、じゃぁ後でおうちにお邪魔するわ」

さて。ゆき姉については、次で詳しく書くとして、僕たちは、2時間ほどの時間を費やして、駐在さんの課題「大

洗車」をこなしました。

　駐在さんご満悦。
「いやー。お前ら、みんな喜んでたぞ！　ご苦労だったな」
「いえいえ‥‥‥」
　ほんと、苦労しました。
「俺はこれから本署行かなきゃいけないからな。流れ解散でいいぞ」
　と言いながら、僕たちがピッカピッカに磨いたパトカーに上機嫌で乗り込む駐在さん。
　くそ〜。やられっぱなしか？

　しかし、このとき、グレート井上くんが、後ろから僕に手渡したものがありました。
「これ‥‥‥。本屋さんの洗車しててもらったんだ。いらないからって」
　小声で耳打ちするグレート井上くん。
「ナイスだ。井上」
　そしてパトカー出発の直前。

　パン！

「ん？　なんだ今の音は？」

第6章　小さな太陽

「あー。ワックスの拭き残しがあっただけです」
「そうか。じゃぁな。また洗車させてやるからな〜〜。ご苦労さん〜♪」
　駐在さんのパトカーは一路本署に向けて出発しました。

　後ろに「初心者マーク」貼って。

　そうです。グレート井上くんが手に入れてきたのは、車用の初心者マーク。
　やっぱり仮免の後はこれでしょう。
　いやぁ。これも初めて見ました。初心者マーク貼ったパトカー。

第8話　西条、武器をとれ！　そして立て (3)

　重労働を終え、僕たちは、用事で帰った2名を除いて、コミニュティセンターのロビーにいました。

「そっか。ゆき姉に会ったのか」
　と、孝昭くん。
「うん。そうなんだ」
「誰？　ゆき姉って？」

西条くん、メンバーの中でも、ごく親しい数人にしか〝ゆき姉〟のことは話していないようで、僕と孝昭くん以外、大半がその名を知りませんでした。

「西条が強くなった元だよな」
「うん。まぁ、そう‥‥かな。小学校のときのさ。幼なじみっていうか」
「幼なじみで抱き合うのか？」
「え！　西条、抱き合ったのか!?　女の人と？」
　おだやかじゃないのは未経験のメンバー。
　つまりは「全員」。
「う、うーん。あれは感極まってというか‥‥」
「くっそぉーーー！　俺と夕子ちゃんより早く！」
「いや。孝昭、生涯ないぞ。それは」

　この会話をきっかけに、話は突如小学校時代にと流れました。
　女性には絶対理解できないことと思いますが、違う小学校出身者が集まって「小学校時代」の話題になると、男子高校生の話というのは、なぜかある１日に向かっていきます。ほんと、なんでなのかよくわからないのですが。これは「必ず」です。
　まるで方位磁石が一方向を示すかのように。

第６章　小さな太陽

その1日とは、
「ところでさぁ。5年のとき、女子だけ集められた日ってなかった？」
「え？　うちは4年だったぞ」
「えー？　6年だろ？」
　はい。この日のことです。

　そしてこれも必ず、突拍子もない誤解をしているヤツが1人はおりまして、笑わせてくれるわけです。

「あれさー。女子に聞くとさー。なんか女子だけお茶飲んだんだ、とかなー」
「うんうん。テキトーに騙されてなー」
「え？　お茶飲んだんじゃないの？」
　はい。まずこいつです。

「えーー!?　お前、ずっとそう思ってたわけ？　今日の今日まで？」
「え？　え？　違うのか？　すっげーうらやんだんだけど……」
「バッカでーー。こいつ」
　1人血祭り。

「じゃ、じゃーなんなんだよっ！」

「え？　本当に知らないわけ？」
「これだからお子チャマは困る」
「あれはなー‥‥‥」
「うんうん」
「ブラジャーのサイズ計ってたんだぜ！」
　はい。2人めです。

「中学入るとさ。ブラジャーしなくっちゃいけないわけだよ。それで計ってたんだよ」
「そうだったのかー。なるほどー。ブラジャーねー」
「馬鹿！　違うよ！　騙されんなよ。お前」
「え？　だってうちのクラスじゃ、みんなそう言ってたぞ？」
「そりゃお前のクラス全員馬鹿なんだよっ！」
「えーーーーーーーー!?　違ったの？」

「じゃ、じゃぁなんだったわけ？　なぁ。教えろよ！　なぁ！」
「あれはさー。女子だけ映画観たんだよ」
「あ！　うちの女子もそう言ってた！」
「な、なんの映画？」
「それがさ‥‥‥‥‥」
「うんうん」

「『エマニエル夫人』らしい」

お前が一番違うわ！　ぼけっ！
どこの小学校で、女子児童集めて『エマニエル夫人』ロードショーする!?

　この答えはどうでもいいです。なぜなら、日本全国の男子は全員この会話を経験しているからです。
　しかも勘違いの仕方もなぜか全国共通です。それぞれ答えを出されたことでしょう。女子にとっては、本当にどうでもいい、しょーもない会話です。
　現代の小学校に、この日があるのかどうかよくわかりません。
　とにかく、当時の男子児童にとって、とっても思い出深い日であることに違いはありませんでした。運動会よりも、学芸会よりも。

　さて。西条くんのゆき姉の話にもどります。

「俺さぁ。ちっちゃいときは体弱かったんだよな。父ちゃん、でっかくて強かったのに」
「ふうん」
「それでな。親が心配してな、道場に通わせたんだ。道場つったって、ついででやってるような所なんだけどな」

そこの道場の師範(しはん)は、損害保険の代理店をやるかたわら、余った時間で子供たちに柔道と空手を教えていたのだそうです。
「けっこうすごい人でな。空手と柔道どっちもインターハイ出ててな。ソロバン合わせると十段越す、ってのが自慢だったんだよ」
　ソロバンは武道じゃないと思いますが。
　これでソロバン九段だったら笑っちゃいます。

「ゆき姉はな‥‥‥。そこの娘さんだったんだよ。上に兄貴もいたんだけどな」
「ふーん。道場のねぇ」
「ゆき姉が5年生のとき、俺が小学校入ったんだよ。道場にも」

　小学1年生の西条少年は、今からは信じがたいほどに泣き虫で弱く、どちらかと言えば「いじめられっこ」に属していたのだそうです。
「それもさぁ。5年にはやなヤツがいたんだ。青柳(あおやぎ)ってヤツで、いっつも悪ガキで集まっちゃあ下級生いじめてたんだよ」
「ああ、どこにでもいるよな。そういうヤツ」
　と、孝昭くん。そもそもこいつがそうだと思うのですが。

第6章　小さな太陽

「すぐ泣く俺は、いい標的でさ。しょっちゅうやられてたワケ」
「お前がねぇ‥‥」
「信じられん‥‥」

「そういう時にさ。いっつも守ってくれたんだ。ゆき姉」
「女に守られたわけ？　めずらしいな」
「いや、それがな。ゆき姉はめちゃくちゃ強かったんだ。まぁ、もともとそういう家柄だしな。道場でもけっこういいとこいってた」
「ふうん」
「男子なんか6年も合わせて、ゆき姉にかなうやつはいなかったんだ。青柳もな」
「そっか。それで今日の再会ってこと？」
「いや‥‥‥。そんな単純なことじゃないんだよ」

　西条くんの語った過去は、普段の陽気な彼からは想像もつかない、壮絶なものでした。

第9話　西条、武器をとれ！　そして立て(4)

　少年西条時代――。

「ゆきー！　てめー、覚えてろよ！」
　青柳たちが、捨て台詞を言いながら逃げていきます。
「おー。いつでも来い！　まがりチ○ポ！」
「え!?　ちっ！　ちっくしょう！　な、なんで知ってやがる？」
　なんで知ってるんでしょう？

「ゆき姉……」
　涙と泥で顔をぐしゃぐしゃにした西条くんが、ゆき姉に摑まっています。
「大丈夫だったか？　西条」
　西条くんは、コクコクとうなずきました。
　が、実際は、あちこちに打撲と擦り傷があり、とうてい大丈夫という状態ではありません。
「どこやられたんだ？　見せてみろ」

　ゆき姉は、カットバンを１枚とりだすと、西条くんの顔の傷に貼ってくれました。
　もう、何度めのことでしょう？

「西条。お前もさー。少しは強くなんないとな」
「うん。うん」
　泣きながらうなずくものの、小学１年生が５年生、それ

も複数に勝てるわけなどないのであって、それはゆき姉もじゅうぶんにわかっていることでした。

　青柳たちの下級生いじめは、執拗で、ずいぶんと長いこと続いていました。
　先生に言いつけようが、ゆき姉がコテンパンにこらしめようが、改心する気配がありません。
　西条くんは１年生ですから、ゆき姉や青柳より下校時間が早いのですが、土曜日だけは違いました。全学年がいっせいに午前授業で終わります。
　西条くんは、青柳と出くわす可能性の高い土曜日が大嫌いでした。このため、いつもゆき姉が教室から出てくるのを隠れて待って、それから一緒に下校していたのです。

　ゆき姉に手をつながれた西条くん。
「ゆき姉。練習すれば、ゆき姉みたいなキック、できるようになるのかな？」
「ああ。できるぞ。西条、才能あるもん。がんばれば、あたし以上のキックできるよ」
「ほんと？」

　実際、ゆき姉のキックは絶品でした。それは鳥が舞うように美しく、しかも正確です。
　この強烈なキックに青柳たちはすこぶる手をやいていま

した。

「でな。2学期も終わるかってときに、ゆき姉、とうとう爆発しちゃってな。青柳たちを立ち上がれないとこまでうちのめしたんだ。あいつらのパンツまでとりあげてな」

「おかげで、あいつらすっかり大人しくなってさ。それからしばらく安泰(あんたい)な日が続いたんだ」

「思えば、あの期間だけだったよ。小学生らしい、楽しい生活送れたの‥‥」
　西条くんの話は続きます。

　やがて西条くんは2年生になり、ゆき姉は最上級生の6年生に。当然、青柳も6年です。
　西条くんも道場に通って2年目。1年のときよりは、ちょっとだけたくましくなっていました。

　そんなある日のことです。
「おい、西条。待てよ」
　青柳が3人の仲間を連れて、西条くんの前に立ちふさがりました。
「な、なんだよ！　やるのかよ！」

第6章　小さな太陽

西条くん、習いたての空手の構えをしました。
「なんだ？　今日は〝ゆきね～〟はないのか？」
「こいつ、構えしながらふるえてやんの」
「アハハハハハハ」
　青柳たちがはやしたてます。
「もうな。俺たちも柔道習ってっからよ。ゆきにやられっぱなしじゃないぞ」
「ウソだっ！　ゆき姉、強いもん！　お前らになんか負けないもん！」
　反発する西条くん。
「いくら強くても、所詮女は女だからな。今日決着つけてやるからよ」

　確かに、青柳たちは半年前と比べてずいぶんと大きくなっていました。
　いわゆる育ち盛りで、この時期に、女子と男子の体格差はたいてい逆転します。

「4人もなんてずるいぞ！」
「うるせーなー。ケンカにずるいはねーんだよ。いいからゆき、呼んでこい！　いつもみたいに〝ゆきね～〟ってな！」
「イヤだっ！」
「なんだと？　このガキ。逆らうのか？」

「まぁいいや。いずれにせよ、ゆきがここ通るのは確実だからな。こいつこづいて待ってりゃ来るだろ」
　西条くんは、すぐ道路沿いの家の新築現場にひきずりこまれました。

「青柳はさぁ。よその学校のヤツ応援につれてきてたんだ。同じ道場のダチらしかったが。こいつもろくなヤツじゃなかった。鹿目って呼ばれてたな」
「ゆき姉は来たのか？」
「まぁ。通学路だからな。もう俺は、その頃、チキンバスケットっていうやつをやられててな」
「チキン？」
「こうさ。こづきまわして倒れたり座ったりする前につかまえてな。まぁ、バスケットのパスみたいなやつを人間でやるんだよ」
「‥‥‥ひでえな。そりゃ」
「ああ。２年生相手だからな。最低だな。やられるほうはそのうち疲れちゃうんだよ。泣いてるから呼吸も荒いしな」

　やがて西条くんの声を聞きつけた下校途中のゆき姉が現

れました。
「青柳ぃ！　こりないやつだな。お前！」
「お！　待ってたぞ。ゆき。今日はお前にケリつけてやるからな」
「蹴られるの間違いだろ、バカ。西条、大丈夫か？」
　西条くんはうなずきましたが、例によって「大丈夫」とは、ほど遠い状態でした。

　すぐさま、青柳たち４人と、ゆき姉の壮絶な戦いが始まりました。
　確かに柔道を習い始めたというだけあって、いままでの青柳たちとは、少し違っていました。体格もよくなっている上に、多人数です。
　ゆき姉も、少しは苦戦しているようでしたが、やはりゆき姉のキックの前には、まだ彼らは敵ではないようでした。
　しかし。

「ゆきぃ。足あげると、パンツ丸見えだぞ」
「なっ!?」

　この言葉でゆき姉がひるみました。
　そうです。ゆき姉ももうすぐ13歳。５年の時とは違い、年頃になっていたのです。
　その後のゆき姉のキックは精彩をかきました。この瞬間

を青柳たちは見のがさなかったのです。
　２人がゆき姉の背後をとると、がんじがらめに押さえつけました。

「ゆきぃ。ここまでだなぁ。お前も」
「くっーーーっ!!」
　さらにもう１人も加わり、ゆき姉１人に３人がかり。こうなると体格の差は歴然。ゆき姉はまったく身動きがとれません。

「ゆきー。いままではずいぶんとやってくれたよなぁ。二度と俺たちに逆らえねーようにしてやっからよ」
　ゆき姉は観念したかのように黙りました。
　ときおり、羽交い締めをとこうとしますが、無駄な抵抗でした。

「そうだな。まず、パンツ見せてもらおうかな。ずいぶんと気にしてたようだからな」
「くぅっ」
「パンツなんて言わねーで、脱がせちゃえばいいだろ。そんなもん」
　押さえつけていた鹿目がにやけます。

　これを聞いていた西条くんが初めて抵抗しました。

第６章　小さな太陽

「うわあああぁーーーー!!」
　叫ぶと同時に、押さえつけていた鹿目の腕に嚙み付きました！
「い、いてて！　このガキィ!!」
　鹿目は激昂して西条くんをつきとばしました。
　２年生でも小柄な西条くんは、おもいっきりとばされ、新築の土台に、しこたま頭をうちつけました。

「ゆき。これなんだかわかるか？」
「今日はさぁ。カメラも持ってきてんだ。俺ら」
　さすがに狼狽するゆき姉。
「西条、お前も見たいだろ？　ゆきねえのアソコ」
「ギャハハハハハハ」
　青柳たちは下品に笑いました。
　幼い西条くんは、どうしていいかわからず、その場に倒れこんでいました。

　が、ふと、手元を見ると、そこに角材が転がっていました。長さは１ｍほど。
　そして、
　ちょうど青柳が、ゆき姉のスカートをめくりあげたと同時です。

　ゴッ

鈍い音がして、青柳が倒れ込みました。

「っつ……」
　ようやく起き上がった青柳の顔は、血だらけでした。

「うぁーーーーーーーー!!」
　西条くんは、その顔をめがけて、もう一度角材を振り下ろしました。

　ゴッ

　再び鈍い音が響き、崩れ落ちる青柳。

「う、うわああああああ!!」
　悪ガキとはいえ、所詮は小学生。
　血を見たとたんに、ゆき姉を押さえつけていた鹿目たちは、いちもくさんに逃げ出しました。
　西条くんは、それでも攻撃をゆるめませんでした。
　もう一度、青柳に角材を振り下ろそうとした時、

「西条。そのへんでやめとけ。死んじゃうぞ。そいつ」
　ゆき姉が止めに入りました。
「ゆき姉。だって、こいつら。こいつら、ゆき姉を……

‥‥‥」
　このすきを見て、青柳が血だらけの顔をおさえて逃げ出しました。

「うん。西条。ありがとうな。初めて‥‥‥守ってもらっちゃったな。西条に」
　ゆき姉はやさしく西条くんの頭をなでました。

　青柳は翌日、学校を休みました。
　全治２週間の怪我。
　当然、学校でも問題になり、青柳の悪行も知れるところとなりましたが、西条くんにはさらに過酷な運命が待っていました。

「上級生殺し」

　これが、翌日から西条くんについたあだ名です。
　いいえ。この時のあだ名は、西条くんが高校生になっても言われ続けていました。
　この日から、みんなが西条くんを恐れるようになりました。そして西条くんには、やがて誰もよりつかなくなっていきました。

「それでもな。ゆき姉がいるうちはよかったんだ。ゆき姉の友達とか、みんなで俺をかわいがってくれてな。俺、いっつも6年の女子と遊んでたんだ」
「ふうん‥‥」
「だけどな。ちょうど今頃かなぁ。秋だったんだけどな。ちょうどドリフ見終わったときにさぁ。ゆき姉が突然、家たずねてきたんだよな」

「ゆき姉。どうしたの？　こんな夜に。もうドリフ終わっちゃったよ？」
　庭先で待っていたゆき姉は、
「あのね。西条。これあげる！」

　それは漫画本の束と、小さな貝殻でした。
　その貝殻は、道場のみんなで海へ行ったとき、ゆき姉が見つけたものでした。

　さくら貝。
　その美しい貝殻を見たとき、西条くんは、ずいぶんとほしがったのですが、結局はもらえなかったものです。

「え？　いいの？　でも、ゆき姉、これは誰にもあげられないって‥‥」

第6章　小さな太陽

「ん。いいんだ。2つあるから。1つ持ってて」
「ホント？　うれしいなぁ。この漫画本は？」
「んー。それもいらなくなったから！」

　幼い西条くんは、もらえたことがうれしいばかりで、その意味がわかっていませんでした。

　別れ際、ゆき姉が言いました。
「西条！　強くなってね！　また女の子守れるくらいに！」

　それがゆき姉の最後の言葉だということを知ったのは、翌週になって、ゆき姉の道場がからっぽになっているのを見てからのことです。

「まぁ。一種の夜逃げみたいなもんだったんだろうな。今もよくわかんないんだけどさ‥‥。ゆき姉、学校にも来なくなった。漫画、荷物になるから置いてったんだろうな、きっと」
「そうだったのか‥‥。さくら貝は？」

　西条くんは、ワイシャツのボタンをひとつはずすと、ペンダントをとりだしました。
「これ‥‥」

それは、ひどく年月を感じさせるもので、すでに「さくら貝」には見えませんでした。
「ずっと持ってたのか？」
「うん。小学校時代、唯一のいい思い出だったから」

　ゆき姉がいなくなってからも、青柳たちが再び西条くんに乱暴をはたらくことはありませんでしたが、なにかにつけて、西条くんの根も葉もない悪い噂をたてつづけました。

　西条くんは、学校でますます孤立していきました。
　家に帰っても遊ぶ相手もいないために、少年西条くんは、今までやっていた空手、柔道に加え、ボクシング、少林寺と、かたっぱしから道場に通いました。
　そしてそれがまた、まわりに「西条くんを恐れさせる」要因となりました。こういう悪循環は、回り出すと止まることがありません。

「中学校になればさ。他の小学校の連中も入ってくるからって期待したんだけどな。結局半分は持ち上がりだろ？ なんにも変わらないどころか、今度は先輩ににらまれるはめになってな」

「もうそうなっちゃうとさ。自分の腕しかたよりはねーんだよな。毎日毎日喧嘩(けんか)してた。まぁ、おかげで負けること

第6章　小さな太陽　　71

はなかったけどな」

「結局弁当はずっと1人で食ってたな。3年間‥‥‥いや。8年‥‥か。だからさ、高校は、同じ中学のヤツがなるべく入らないここ選んだんだよ。なるべく知ってるヤツがいないとこってな。でも噂ひろまっちゃっててな‥‥」

　そうです。西条くんが僕たちの高校に来ることは、入学直前から話題になっていました。
「とんでもないやつが入る」という噂です。

　西条くんが僕に向かって言いました。
「だからさー。お前が入学して初めて午後授業ある日にな、『西条、いっしょにメシ食おうぜ』って言ってくれたろ？あんときさ、俺、うれしくってさー」
「そうだったのか‥‥‥‥」
「うん。ずっと言われたことなかったから。そんなこと‥‥‥‥ずっと」
　そう言って鼻をすすると、
「後で便所行って泣いた。うれしくってな」

　僕は、雰囲気が沈むのを嫌って茶化しました。
「まぁ、どんな不良でも、メシ食おうぜって言われて、なにお！　ってヤツはいないからな」

「ははは。確かにそうだ」

　これが僕と西条くんがつきあうきっかけだったのです。
　西条くんの胸に下がったさくら貝が、ちょっと照れ笑いしたように見えました。

第10話　わたしをデートにつれてって（1）

　さて。そんな話をした翌日の放課後のことです。
　おかげさまをもちまして、駐在さんの学校への「チクリ」もなく、修学旅行も安泰。

「ゆ、ゆき姉とデート〜？」
「そ、そんなんじゃねーよ！　ただ日曜日に２人で会おうか、って夕べゆき姉が‥‥」
「だから、２人で会うのをデートって言うんだよ」
「え？　え？　そうなのか？」
　そこから説明いるのか‥‥‥？
「こいつ知らねーんだよ。馴れてないから」
　耳打ちする久保くん。
「な、なんだと！　馴れてないことないぞ！　こないだだってミカと‥‥」

第６章　小さな太陽

「いやいや。西条。ミカちゃんとのはデートって言わないぞ。それ〝保育〟に属するから」

　孝昭くんが悔しがります。
「くっそー！　なんで西条ばっか！　俺と夕子ちゃんでさえまだなのにっ！」
「いや。だから孝昭、それは一生ないから」
「っていうか、お前は一生のうちでデートそのものできるか心配したほうがいいぞ」
「なんだとっ!?」

　西条くんが僕に向かって言いました。
「そ、そいでさ。お前、こんどの日曜、つきあってくんない？」
「はぁ？　それじゃデートになんないだろ？」
「だってさ。幼なじみっつったって相手は大人だろ？　なにしゃべっていいか俺‥‥‥」
「なんだよ。今から緊張してるのかよ」
　孝昭くんが茶化します。
「やだよ。僕、ゆき姉って、お前の話でしか知らないもん」
「いや、テキトーに裏側でさ。サイジョーかっこいい！　とか、ヨ！　イロオトコ、とか言ってくれるだけでもいいからさ！」

「お前、それタイコモチじゃん。なんで僕がお前のタイコモチしなきゃいけないわけ？」
「いやいや。イタコじゃなくってさ。背後霊はいるからいらないんだ。会ったことねぇけど」

「タ・イ・コ！」

　もう西条くんに日本語の説明をするのはたくさんです。

　孝昭くんが余計な忠告をします。
「やめとけよ。西条。コイツ連れてったら、ゆき姉、とられちゃうぞ。コイツに」
「なっ･･･････！　誰が！」
　憤慨する僕。
「井上んときの美奈子さんだって最後の頃あやしかったしさー。夕子ちゃんも村山とか言いながら、どうもコイツに対する態度特別だしな」
「なんだと!?」
「だってそうじゃん。こないだ井上んち行ったときも、夕子ちゃんが出したコーラお前だけ氷多かったしさ」
「ありゃお前らが〝氷多いやつは中身少ない〟とか言って、先に氷少ないやつ取ったんだろーがぁ!!」
「あ、あれ？　そうだったっけ？」

第6章　小さな太陽　　75

てめーのいやしさ棚に上げてこいつはっ!

　西条くん、
「うーん。しかしその心配はある‥‥‥。お前、口うまいからなぁ」
　余計なお世話です。
「そういうことしないなら連れてってやるぞ?」
「だから、1人で行けよっ!　誰が連れてってって言ったよっ!」

　しかし日曜日。僕は結局西条くんの家にいました。
「ふ、服おかしくないか?」
「お前、さっきから何度同じこと聞くわけ?」
「う、うん。それよりもさ。お前。俺よりカッコイイと困るから、黒子の服とか持ってないのか?」
　持ってるわけねーだろっ!

「じゃ、民百姓の服」
「ねーよっ!!!」

　あれこれ悩み、ようやく家を出る西条くんと僕。
「な、なんかプレゼント買ってったほうがいいよなっ!」
「ああ。いいんじゃない?」
「やっぱあれかな。ハムとかかな」

ハムぅ??

「お前、それ孝昭から聞いたろ」
「え？　な、なんでわかるんだ？　なんか、ハムってさ、**想いが叶う**んだって。孝昭が肉屋さんから聞いたらしい」

　また肉屋のオヤジの犠牲者です。
　あの肉屋、ジャムおじさんみたいな善良な顔してとんでもねーくわせもんです。

「あのな。お中元じゃないんだから、デートにハムとか豚バラとか持っていかないぞ。普通」
「そ、そうなのか？　なにしろさー。ミカ以外は初めてだから。俺」
　どうしてもミカちゃんの〝保育〟を「デート」に数えたいらしい。

　結局、西条くんは、僕のすすめで小さなブローチと花を買いました。
　花は「花束」ではなく小鉢です。まぁ、ハムや豚バラよりはましでしょう。

　そして待ち合わせの駅に到着。

私服のゆき姉は、前回、和菓子屋で会ったときよりも、はるかに奇麗でした。

「西条！」
「ゆき姉!!」
　感動の再会です。
　ゆき姉は、すぐに僕に気づきました。会釈(えしゃく)する僕。

「こ、こいつさ。どうしてもついてきたいって言うんでつれてきたんだ。俺の……その、高校のイタコ」

「イタコ？」

第11話　わたしをデートにつれてって(2)

「西条。ほんとおっきくなったね。わからなかったわ、はじめ」
「ゆき姉も。奇麗になったなー。びっくりしたよ、俺」
「あら。西条ったら。いつからそんなお上手言えるようになったの？」
「んーと、一昨年(おととし)の夏あたりからかな？」
　こらこら。西条。そこは答えないもんだぞ、普通。

しかもそんなに具体的に。

　そう言いながら西条くん。なにやら手帳を取り出します。
　それは西条くんが一所懸命考えた「デートマニュアル」。

「えっとー。は、はじめに～‥‥‥」
　最初っからつまずく西条くんに、ゆき姉、
「ウフフ。西条。大丈夫だよ。私ももう大人だからさ。今日は私にまかせて」
「え？　え？」
　女性にリードされるのは、予定外の西条くんです。

「君も。一緒に」
　ゆき姉は、僕にもやさしく声をかけました。
「とりあえず、どっかでなにか飲もっか？」
「うんうん。お、俺もそう書いてた‥‥じゃない、思ってた」

　ゆき姉について、歩き出す僕たち。
　が‥‥‥‥‥‥。
　大通りの右側。電柱の陰のカップルが僕の目につきました。どう見ても挙動不審。

「あ‥‥。さ、西条。悪いけど先行っててくれ。すぐ追い

つくから」
「え? え? あ、ああ。すぐ来いよ。すぐだぞ!」
「ああ。わかってるって」

　僕は不安げな西条くんにそう伝えると、道路を渡り、カップルのいる電柱へと走りました。
　これに気づいて逃げ出そうとするカップル。
「待て! こら!」
「な、なによ! あたしたちになんか用!?」
「ああ。大アリだ。なにやってんだ? こんなとこで! 孝昭、ジェミー!」
「ち、違いますよ」
「そ、そーだ! 違うぞ!」
「じゃ、誰だよ」
「ヒデとロザンナです」
「うそつけ!」

「だいたい、なに電柱に隠れてんだよ!」
「いや～。村山と間違えちゃって」
「電柱をか?」
「ほ、ほら! あいつ背高いからよ。つい……」
「ほほぉ」
　村山くん、座高７メートル。

「い、いや。西条がうまくいくか心配になってさ」
「ウソをつけっ！　この口か？　そういうウソ言うのは？あ？」
「イテテ、い、いや。ゆき姉って、どんな人かなーって。見に来たんだよ‥‥‥」
　ようやくゲロしました。
「わざわざジェミーにスケバン女装させてか？」
「んー‥‥‥カップルなら怪しまれないかなぁ‥‥‥って」
「いや。お前ら、じゅうぶん怪しいから。なんだサングラスまでして」
「あー、これ？　やっぱ尾行はサングラスだろ？」
　尾行までするつもりでいたのか‥‥‥。こいつら‥‥‥。
「ジェミー、お前もっ！　だいたいなんでスケ番なんだ？」
　これに答えたのは孝昭くん。
「あー。アネキの返さなかったんだ、セーラー服」
「どうして？」
　今度はジェミー、
「ブラウスのおっぱいんとこ、火薬臭いのとれないんですよ～」
「オッパイが火薬の匂いするなんてわかったら、アネキに殺されちゃうだろ？　アフロダイA（エース）じゃあるまいし」
　花火泥棒の影響がこんなところに及んでいようとは‥‥‥。

第６章　小さな太陽

「わかったけど、お前らさぁ。そっとしといてやれよ。西条、めったにないんだから」
「え？　俺らだけじゃないぞ」
「な、なんだって???」

　よくよく街を見回すと、あっちこっちの電柱の陰に怪しい人影。ほぼ１本ごと。
「げっ！　な、何人来てるんだ!?」
「さぁ‥‥‥よくわかんないけど、３、４、５６７８９、10、11、12、16人ってとこかな？」
「えーーっ!!　ほぼ全員じゃん！　あ！　ホントだ！　井上と村山まで！　なに考えてんだ？　あいつら！」

　それぞれの隠れ方のおそまつさが泣けました。もうバレバレ。隠れないほうがましなくらいです。
　そっか。駐在さんに悪さするとき、こんなにバレバレだったのか‥‥‥。僕たち‥‥‥。

　孝昭くんが言いました。
「まぁ、ジャマはしないからさっ。やらせとけよ。それで休みつぶしてんだから。俺らは俺らで楽しむんだからさ」

　やらせとけって‥‥‥人ごとみたいに言いやがって。
　てめーがやってる張本人ってことを忘れるな！

「それにしてもさー。ゆき姉って奇麗だなー」
「ん？　あ、ああ。まぁ、そうだな」
「お前いいなぁ。あんな美人、目の前で見れて。俺ら、草葉の陰だぜ」
　電柱の陰だろっ！
　しかも勝手に隠れてるくせに。

「と、とにかく邪魔するなよっ！　わかったな！」
「わかってるって！　うまくやっからさ」
「うまくやるなっ!!!」
　念押しもそこそこに、そのまま、グレート井上くんたちの「電柱」へ。

「井上!!」
「え？　ぼ、僕達のこと？　僕ら通りすがりの狩人だけど」
　こいつもか……。

「井上！　お前らまでなにやってんだ？」
「うーん。孝昭がさー。面白いもの見にいこうって。来てみたらこういう状態」
　やっぱり首謀者は孝昭………。
　僕は、次から次に電柱やら看板を渡り歩き、それぞれの

第6章　小さな太陽

メンバーに「くれぐれも邪魔しないように」きつく伝えました。まぁ、かなりきつめに言ったから大丈夫でしょう。

　僕がようやく西条くんたちに追いつくと、
「な、なにやってたんだ？」
　不安げな西条くん。
「い、いや。ちょっと知り合いがいたんだよ」
　もう「知り合い」なんてもんじゃありません。大知り合いです。
　浮き足立っている西条くんは、あのお粗末な隠れ方をしたメンバーたちにも気づいていないようでした。それはもはや注意力散漫と言うより「奇跡」に近いものです。

「ここに入りましょうか？」
　ゆき姉がカフェの扉を開けました。
　カフェと言いましても、かなり広い、今で言うところの「ファミレス」のようなところです。

　席へつく僕たち。
「私はレスカ」
（レスカとはレモンスカッシュの略語で当時女性の注文する定番でした）
「お、俺、コ、コーヒー。ブラックで」
　普段ブラックなんて飲んだか？　西条。

「じゃあ。僕にはココア」

　僕たちが注文をし終わった頃、入口から複数の人間が入ってくる気配がありました。

　　げっ！　あ、あいつらーーーーー！

「いらっしゃいませ」
　次から次に入ってくる尾行メンバーたち。
「いらっしゃいませ」
「いらっしゃいませ」
　「いらっしゃいませ」
　うわ〜。あいつらフルだ、フル！　バレないほうが不思議だっつーの！
　それぞれのメンバーは西条くんの後ろ側にまわり、各々遠巻きに席につきました。
　一方、格好つけるのにせいいっぱいの西条くん。まったく気づく様子もありません。

　やがて彼らの席にも注文をとりにウェイトレスがやってきました。
「あー。オレンジジュース1つ、と、ストロー4本」
「はぁ？」
「だからぁ。オレンジジュース1つと、ストローを4本

第6章　小さな太陽

っ」
「こっち、クリームソーダ１つとスプーン４つね」
「コーヒー１つとカップ３つ」
　金ねーならカフェ入るなよっ！
　と、思ったらウィンドウの外に、さらに３名っ！　うわぁ……。最悪………。

　初めてというのに、とんでもないデートになりそうです。西条くん。

第12話　Because（1）

　西条くんと尾行グループとの席の間には、低いパーテーションとポトスなどがおいてあって、確かにすぐには見えません。
　とりあえず、大人しくしててくれればいいや。
　と、思っておりましたが、そのようなあまっちょろい願いが叶うはずもなく。
　ポトスの向こう側。早くもオレンジジュースグループが「小声で大騒ぎ」しています。

「馬鹿！　なんでストロー吹くんだよっ！　きったねぇな

ぁ!」
「あー。俺、呼吸ヘタなんだ。生まれつき」
「おー! てめーがそういうつもりなら!」
「げ! なにやってんだお前ら! うわぁ! ミックスかよぉ!」
「飲めるか! こんなもん! バカ野郎! お前らだけで金払えよっ!」
「え? 俺だってやだよ。こんなの飲むの」
「だったら吹くな! 馬鹿! あ〜あ、たった1杯なのに〜」
　予想を裏切らぬ展開。

　僕がギャラリーたちの監視に気をとられてる間、西条くんとゆき姉は、昔の話に花を咲かせていました。

「突然いなくなったからさ。すっごいびっくりしたんだ。俺」
「ごめんね……。私もちっちゃかったからわかんなかったけど。いろいろあったみたい、お家(うち)」
「そうそう。先生、元気かな?」
「お父さん? うん。去年一度入院したけど。元気だよ、今は」
「そっかー。会ってみたいなー」
　意外なことにいい雰囲気です。

第6章　小さな太陽

対してギャラリーたちは、案の定、かなり険悪になっていて、とてもこちらに聞き耳をたてられる状態ではありませんでした。

　クリームソーダ組は、ソーダ部分を誰が飲むかでもめていました。
　変形のグラス。目盛りで分けるわけにはいきません。
　そこで彼らが編み出した「平等な方法」は、どうやら各自1秒ずつ飲む、という時間分割方法らしいのですが、
　そんなもんでうまくいくと思ってるんでしょうか。

「よ、よし。じゃ、お前からだ」
「おお。ちゃんと数えろよ」
「はい、い〜ち！」
「あーーーー。こいつ1秒で半分飲みやがった!!」
「ば、バカ野郎！」
「あーーー！　だからって口からもどすな！　アホ！」
　当たり前です。肺活量ってもんを考えてません。
　ほんっっとの馬鹿なんだな。あいつら。

　僕が彼らのあまりの馬鹿さ加減に注意をとられているうちに、2人の話は僕のことに及んでいたようです。
「お友達？」

「そう。こいつ親友なんだっ！」
　得意げに紹介する西条くん。
　僕は、彼の口から「親友」という言葉を聞くのは「物か女がらみ」のときだけでしたので、驚くやら照れるやら。

「そっか！　西条、友達できたんだね！」
　ゆき姉は、自分のことのように喜びました。きっと引っ越した後も、西条くんが孤独だったことを気にかけていたのでしょう。
「あー、西条くん、学校では人気ありますよ。男にだけだけど」
　タイコモチらしく僕。
「そっか！　よかったね。西条」
「うん」
　その会話は、小学校時代にもどった２人のものでした。

　なんだ……。こんなんなら、僕もギャラリーにいるんだったな………。
　と、一瞬思いましたが、彼が僕をつれてきた本当の理由は、おそらく「親友」のいることをゆき姉に伝えたかったのだと思います。

「そうそう。ゆき姉、銀行に勤めてんの？」
「そう。あの支店はね、つい先日、転勤したばかりなの」

「ふうん。そっか。窓口にいるのか？」
「窓口もそうだけど。ちっちゃい支店だからね。預金集めとかもやるの。こないだはその挨拶回りの途中だったんだ」

「そっかー。預金集めかぁ‥‥‥‥」

　このカフェには１時間くらいもいたでしょうか。
　感心するのは、ジュースやらコーヒー１杯で、１時間ねばったギャラリーです。こんな客がいたんじゃ、このカフェも先々長くありません。

　店を出たと同時に西条くん。
「え、映画でも見る？　今、『ジェレミー』やってるんだって」
　当時のデートの定番は、カフェ→映画（or遊園地）→喫茶店といったコース。シンプルなものです。
　が、ゆき姉。
「ううん。つれていきたいとこあるんだ、西条を」
　と、僕たちを先導して歩き出しました。

　当然、尾行のメンバーも店を後に。
　振り向くと、またしてもすさまじく怪しいバレバレの尾行を再開していました。

電柱１本に５～６人。
　お前ら、どんなに身よせても、そりゃ無茶だって。『かわいいかくれんぼ』のヒヨコ以下です。あいつらの脳ミソ。

　しばらくして街をはずれると、ゆき姉の向かっている方向は、たいへんよろしからざるコースになっていました。

　それは警察本署。

　僕も尾行隊も驚きです。
　そして、たどりついたのは‥‥‥。
　警察本署ではありませんでした。
　なんと隣にある警察の道場。

「え？　ゆ、ゆき姉？　どうして？」
「父がね。今ここで柔道教えてるの。会いたいでしょ？　西条」

　我々の驚きをよそに、すいすいと建物に入ると、一礼をして扉を開けるゆき姉。

　40帖ほどもある畳敷きの道場。
　そしてそこにさらに意外な、というか、向こうにとって意外だったと思うのですが、

「ちゅ、ちゅうざい‥‥‥‥‥‥」
「さ、西条??」

　柔道着を着た駐在さんが、驚きの表情でこっちを見ていました。

第13話　Because（2）

「あら？　この間いっしょにいたおまわりさん？」
　ゆき姉も気づきました。
「西条、ママチャリぃ。お前らが、な、なんだってここに？」
　駐在さんの疑問ももっともです。
　なにしろ連れてこられた僕たちがビックリしてんですから。

　道場では、14〜5名の警察官（たぶん）が、乱取りを行っている最中でした。
　その両端っこに座って待っている人がさらに10人くらい。いずれにせよ少ない人数ではありません。

「ちゅ、駐在こそ！」

これに道場の人がみんな一斉に振り向きました。
　そりゃそうです。「駐在」は固有名詞じゃありません。振り向いた人たちは、きっとどっかの「駐在さん」なのでしょう。それを一束にして「呼び捨て」する高校生、西条。思えばたいしたもんだ。

「ば、馬鹿！　ここは駐在だらけなんだからな！　サン付けしろっ！　サン付け！」
「わかったよ。駐在ぃ」
　わかってません。ぜんっぜん。

「……サン」
　間あきすぎ。

　その道場上座、中央あたりに、師範らしき人物。ちょっと見、高倉健みたいです。

「お父さん。ちょっといい？」
　ゆき姉が声をかけます。
　師範は、突如訪ねてきた娘に驚かれたようでした。
「お父さん、この子、見覚えない？」
「ん？　んんん？」
　考え込む師範。

第6章　小さな太陽

「わかんないかもね。見違えたもん。この子、西条よ」
「んな!?　あ、あの〝泣き虫西条〟か!?」
「先生。おひさしぶりです」
　心なしか、ゆき姉との再会より淡白な気もしましたが。
　抱き合ってなかったか？　ゆき姉とは。
「そ、そーかー。あの〝ゆきの着替えを覗いてた西条〟だな!?　おっきくなったなー！」
「い……いや……そういう思い出し方されても……」
　三つ子の魂です。
「もう高校か？　早いもんだなぁ」
　師範もかなりうれしそうです。

　ここで駐在さん。
「師範、この悪ガ……、いやこの子をご存じなんですか？」
「ああ。この子が小学校のとき、道場に来てたんだ。まぁ、言ってみれば君らの兄弟子だ。わっはっは」

「西条。まだ柔道続けてるか？　ん？」
「はい。続けてます」
「そっか。今、何段だ？」
「三段までは段取り受けました。反則負けでだめだったけど」

師範と西条くんは、しばらく昔話に花を咲かせましたが、突然、
「どうだ？　西条。せっかく来たんだ。稽古(けいこ)つけていかんか？　ん？」
「いえ。道着ありませんから」
「いやいや。道着なら、ここいっぱいあるぞ。税金で買ったやつが」
「いや……でも……さすがに……」
　ところがここでゆき姉、
「あたしも西条がどれだけ強くなったか見たいな♪」

「やりますっ!!!」

「君も一緒にどうだ？」
　僕にも声をかける師範。ジョーダンじゃありません。接待じゃないんだから。
　無茶言うオヤジです。むろん丁重にお断り。

　やがて柔道着に着替えた西条くん。この時初めて見ましたが、男の僕が見てもなかなか堂に入っています。

「えっと、そうだな。三段なら………小宮(こみや)巡査！」
　と、師範が西条くんの相手を選ぼうとしたところで、

第6章　小さな太陽

「わたしがやりましょう」
　駐在さんです。もとい、わが町の駐在さんです。
「‥‥‥なっ!?」
　一番驚いたのは西条くん本人。
「ま、まじめなのか？　駐在！」
　また道場の全員がピクッと反応します。
　だから「駐在」は固有名詞じゃないっちゅーに‥‥‥。

「サン」
　遅いっ！

「ああ。お前が三段ならちょうどいい。手合わせしようじゃないか、西条」
　見ると駐在さんの腰にも黒帯。
「ま、負けたら洗車とか言わねーだろうな!?」
　念を押す西条くん。かなり懲(こ)りてます。
「あ？　言わないぞ。ただ、手加減はしないからな」
「おお！　のぞむところだ！　駐在！」
　またまた道場の全員がピクリと反応。ここでの好感度相当下がってます。西条くん。

「‥‥‥サン」
　もはや言わないほうがマシ。

そして師範が中に入り、道場のおまわりさん、全員が注目する中、世紀の対決が始まったのでした。

「はじめ！」

　見回すと道場の窓という窓に、ギャラリーが集まっていました。
　そうです。尾行隊たちです。
「西条、負けるなっ！」
「いけっ！　西条！」
　もう尾行していたことなど忘れ、窓からさかんに叫ぶ尾行隊たち。
「駐在なんか、ぶっとばせぇ！」
「そうだそうだ！　負けろー！　駐在！」
　言うまでもなく、これにも道場の「駐在」さんたち全員が反応……。
　何人かの額には青筋走っちゃってます……。
　やべ〜〜……。

「な、なんなんだ？　君たちは？」
　おまわりさんの１人が窓にぶらさがったジェミーに尋ねました。
「あ？　あたしたちですかぁ？　ジェミー＆ビコーズで〜す」

第６章　小さな太陽　　　97

「てめーまた! いつ名前ついたんだよっ! ジェミー!!」
「こいつっ。懲りねーなー!」
　外は外で大乱闘。

「こら! 静かにしないか!」
　注意するおまわりさんに、孝昭くん、
「うるせー、白帯!」

　あ‥‥‥言ってはならないことを‥‥‥。

・・・・・・・・・・・・・・・・・・・・・・・・・・・・・・・
第14話　Because（3）

「なんだと‥‥‥!」
「まぁまぁまぁ‥‥‥」
「おさえておさえて」
「たかが高校生だから」
　おまわりさん。さすがに大人ですので、なんとか収めてくださいました。
　が。せっかく収めていただいたというのに。

　発端はジェミー。
「じゃー西条先輩応援する意味でエールやりましょう!」

また騒ぐ……。
「いきますよっ！　**ジェミーアンド〜**……」
「……」「……」「……」
「あれ？　みなさん、どうしたんです？　続けてビコーズ、ビコーズでしょ？」
「バカ野郎！　花火泥棒ンときとは、立場が違うんだよっ！　立場がよっ！」
　久保くん怒鳴りまくりです。

　が……。
「はなびどろぼう〜????」「どろぼうだって？」
「どろぼう？」「どろぼうって言ったか？」
「あいつら泥棒か？」「泥棒？」
　当然ながら警察官の群れ。この言葉には一般人よりはるかに敏感に反応します。
　馬鹿が………。
「ああ……いえ。あの……なんでもありません。なんでも……。エールやろっか？　ジェミー」

「ジェミー、あ〜〜んど〜……」
　ほんとにやる気だ。

　ところがこれを聞いていたさっきの白帯おまわりさんが、
「ドロ・**ボー！**、ドロ・**ボー！**」

第６章　小さな太陽

「ジェミ〜〜〜」
「ドロ！」
「ボ〜〜〜〜……って、ちがいますぅ〜〜‼」
　だったらのるなよ……ジェミー。
「わはははは」
　おもいきりからかわれたジェミー、
「孝昭先輩〜。白帯が邪魔します〜」
「そうか。白帯のくせに生意気だな」
　と、孝昭くん。警察官を怒らせることで、右に出る者はいません。

「んなっ⁉」

「白帯ってことは〜」
「まだ仮免許練習中ってことだ」
「なぁんだ。仮免ですか〜」

「な、なにおーー！」
　ほらね。
　激怒の白帯おまわりさん、
「先輩ぃ、泥棒一味に負けんでつかあさい‼」
　が、これにビコーズ、
「なにお！　西条は泥棒じゃねぇぞ！」
　仲間をかばって、

「そうだ！　やったのは俺らだぞ！」
　自白。

「部長！　あいつら逮捕していいですか!?」
　部長もいるらしい。さすが警察の道場です。
「今、神聖な試合中だ。静かに見れんのかね。刈谷クン」
　おお、さすがは部長です。
　なのに、
「そうだぞ、静かに見れんのかね。仮免クン」
　火に油。挑発の天才、孝昭。

「な、なんだとおおお!!」

　警察官と犯罪少年団（？）。うまくやるほうが無理ってもんです。
　まさに一触即発。

　が、ここも大人の部長さんが、
「刈谷巡査！」
「あ……はい……」

　子供の孝昭くん、
「仮免巡査！」
「く……そ……ぉ！」

第6章　小さな太陽

自分の腿(もも)をつねって耐える刈谷巡査です。

　一方で、試合の方は、というと一進一退。どちらも譲らず、粛々と続いていました。
　駐在さんが仕掛けたかと思うと、西条くんが受け流し、西条くんがしかけても、さすがに上段者、技は簡単に決まりません。
「場外！　もとへ！」
　やがてギャラリーにも熱が入ってきます。
「西条！　駐在イボ痔(じ)だから！　イボ痔狙え！　イボ痔を！」
「そーだそーだ！　イボ痔駐在！」

　これにとうとうブッチリ切れたのがギャラリーにいた「駐在」さんたち。
　まぁ、みんな「駐在」ですから当然と言えば当然です。

「先輩！　そんな包○高校生、ぶちのめしちまえっ！」
「先輩」とは、駐在さん、もとい、わが町の駐在さんのことです。あー。ややこしい。
　どうやらここでは、わが町の駐在さんはかなりの先輩格みたいでした。

　が、今度はこの「包○」に、実際の「包○」チャーリー

が反応。
「西条！　絶対負けんな！　そんなイボ痔おまわりに！」
「おまわり」となれば「駐在」より、さらに広義。ここの人全員「おまわり」ですから。
「負けろー！　イボ痔おまわりぃ‼」
「税金で勝つなっ！」

「なんだとぉ！　このクソ高校生どもがぁ！　負けるなー！　先輩！」
「ほざけ！　仮免！」
「また言うかぁ‼」

　ここで再び部長さん。
「まぁまぁ、仮免クン」
「刈谷ですっ‼!」

「君らも少し静かにしたらどうなんだ？」
　ビコーズにも平等に注意する部長さんでしたが、
「うるせー、ダチョウ！　サバンナ走ってろ！」
「ダ……」

「仮免クン！　こいつら黙らせろ！」
「刈谷です。ダチョウ」
「ブチョウだ！　馬鹿もん！」

第６章　小さな太陽

上司が絡んだ事で、事態、劇的に悪化。

「よーし、ダチョウの許可もおりたし、覚悟しろ！　お前らーーーー!!」
　ダチョウ、あっという間に定着してます。
「ふん。白帯が怖くてアネキのナプキン買えるか！」
　いや、孝昭。あれは帯には属さないぞ。っていうか、そんなもんまで、おつかいさせられてんのか？
　なんの強がりにもなってません。
「くそお……」
　でも、なんか効いてるみたい。不思議です。

　図に乗るビコーズ、
「ドラマ仮免刑事くん」
「あはははははは」
「白帯一直線！」
「わはははははー」

「殺す！」

　ヤジり合いは、ますますエスカレート！
　もうおまわりさんたちも、溜まりに溜まっておりましたので、ダチョウさんまで加わっての理性なき戦い。
「このドロボー少年団が！」

「だまれ！　てめぇらも税金ドロボーしてるだろうがぁ！」

とうとう師範もあきれまして、
「こらこら！　仮にも武道をたしなむ者がみっともないぞ。そっちの高校生も。節度をわきまえ‥‥‥‥」
「うるせー！　イ●ポ師範！」
　孝昭くんのこの、まったく因果関係のないヤジに師範ブチ切れ！
「な、なんだとぉーーー！　どこのガキだ！　こら！　入ってこんかいっ！」
　師範‥‥‥するどいとこつかれたんでしょうか？　仮にも武道をたしなむ者が。

　孝昭くんがもともと血の気が多いのは、今まで再三ご説明した通り。しかもハンパに腕に覚えがありますからやっかいです。
「おお！　行ったるわっ！」
　孝昭、窓から乱入！
　これに、今までこらえにこらえていたどこだかわかんない所の「駐在さん」が襲いかかります。
「このガキどもー！」
　当然、メンバーは孝昭くんを守ろうと、さらに大乱入！
　もうメチャメチャ‥‥‥。

第６章　小さな太陽　　105

と、思ったところで、
「やめなさいよ!!　みんな大人げないわよ!!」
　他の野郎どもと違う甲高いゆき姉の声は、全員をとどまらせるのにじゅうぶんでした。
「西条が試合してるんだから！　お父さんもなによ！」
「い、いや。ゆき、すまなかった……でも、こいつがイ○ポイ○ポ言うんで……つい……」
　ほんっとに大人げありません。だいたい娘に向かって「イ○ポ」って……。
　普通言うか？　そういう単語。しかし、かなりするどいところをつかれた、ってことだけはわかりました。

「いや……我々も、面目なかった……」
　詫(わ)びる警察官に、
「そうだぞ！　面目ないぞ！」
　つっこむ孝昭。
「あんたたちも！」
　と、ゆき姉。

「君たちはなに!?　西条の友達なわけ!?」
「えー。はい。そうです……」
「友達なら友達の勝負、真剣に見守りなさいよっ!!」
「は〜い……」

もともと美人に弱い（というか女性そのものに弱い）孝昭くんたち。あっという間に反省。
女性って偉大。

第15話　Because（4）

この騒ぎのさなか、西条くんと駐在さんの戦いは黙々と続いていました。それだけ本人たちは「試合に集中していた」、ということです。
道着ははだけ、つかみ合いが成り立っていませんでした。
師範は我に返って、あわててこれを中断。

そして試合再開。
西条くんも強いが駐在さんも強い。両者一歩も譲りません。

「あの‥‥‥駐在さんは何段なんですか？」
『仮免刑事』に尋ねました。
「あー。先輩は四段だ。あの高校生、すごいな。君の友達か？」
と言いながら、道場にかかっている名札を指さしました。

なるほど……。駐在さん、四段なんだ……。段位では、西条くんより上。
「ちなみに仮免さんは？」
「刈谷だっ‼」
　失敗。

「普通、四段と二段の差は歴然としてるもんなんだがな」
「そうなんですか。仮免さん」
「刈谷だっ‼　お前ら記憶力ないのか？」
　ないわけじゃないけど、からかうと面白い。

「ったく！　どんだけ知能レベルの低い高校なんだ！」
　ムッ！
　当たってるだけに腹がたちます。
　そこにダチョウさんが、
「このあたりで柔道の強い高校なんてあったかな？」
「〇高です……」
　知能レベルとか言われた後なので、小声で答える僕です。

　ところが仮免刑事。
「えっ‼」

　驚くダチョウさん、
「なんだ。仮免クンの後輩じゃないか」

「‥‥‥‥」
　仮免刑事、突然、
「ど、どどどうりで品格があると思ったよ～～～」
　いまさら遅い。

「いえいえ。ド馬鹿学校ですから～」
　と、ここは謙虚に。
「わはははははは」
　ダチョウさん、大ウケ。

「そ、それにしても強い。さすが我が後輩！」
　話をそらす仮免さんです。
「ああ‥‥‥。西条、他の武道もやってるから。基礎が違うんだと思います」
「うーん。それにしても強いなぁ。とても高校の柔道部とは思えんな」
「いえ。西条は柔道部じゃありません」
「え？　柔道部じゃないのか？　あんなに強いのに？」
　そうです。西条くんは一度も格闘系の部活に入ったことはありません。
「それはもったいないなぁ‥‥‥」
　しみじみと仮免さん。

　幾度かの場外を繰り返し、何度も組み合いをし直す２人。

第６章　小さな太陽

互いに息があがっています。
　しかし、向かい側で応援していたおまわりさんの１人が、
「先輩！　高校生なんかに負けんでつかーさい！」
と、叫んだ直後、

　ふわっ……

駐在さんの大外刈りが入り、西条くんの体が浮きました。

「一本!!　それまで!!」

「あ～～～～～～～～～」
　落胆する西条応援団。
　大喜びで拍手するおまわりさんたち。

　互いに礼をし、もどる時に、
「西条………！」
　ゆき姉が、西条くんに声をかけました。
「お前………」
　これをさえぎるように駐在さんが言いました。
「お前……。わざと負けたな？」
　息をきらしながら西条くん、
「そ……。そんなことねぇって……。駐在……強ェよ……」

真相はわかりませんが、僕はこの時、なんとなく思いました。
　西条くんは、駐在さんと互角以上に戦えたのですが、応援の「先輩」の声に、駐在さんの立場が頭をよぎったのではないか、と。
　たくさんの勝負をやってきた西条くんならではの判断だったのかもしれません。

　やがて師範と、おまわりさんたちに詫びをいれながら、道場を出る僕たち。

「どうもすみませんでした」
「いやいや。楽しかったぞ。西条、また遊びに来い」
「いえ‥‥。俺は警察ってのはどうにも‥‥‥」
「そっか‥‥‥。じゃぁ後で家にでも来なさい」
「はい」

　続けて、
「お前ら、悪ガキどもも。また遊びに来てもいいからな」
　師範が僕たち全員に言いました。
　孝昭くんが代表するように、
「ありがとうございます！　イ●ポ師範！」

「ぬぁ！　ぬぁにーーーーー！」

「逃げろっーーーーーー!!!!」

　やがて近所の公園に逃げ込んだ僕たち。
　気の毒なのは、ハイヒールで「自分の親から」つきあいで逃げるはめになったゆき姉です。

　ようやく息がおちついた頃、
「西条。強くなったねぇ。もうあたしなんかよりずっと強いや」
　ゆき姉が西条くんに言いました。
「それより‥‥‥‥‥‥」

「西条。こんなに友達できたんだね‥‥‥。こんなにたくさん‥‥‥」
「うん。あまりいい友達じゃねーけど」
　答える西条くん。
「うん。数はいるな。質より量だな」
　と、孝昭くん。
　笑い出す僕たち。
「あたし。うれしくって。だって‥‥‥西条が友達ずっと、ずっといなかったの‥‥‥」
　そう言いながらゆき姉は顔を覆って泣き出しました。

「あたしの‥‥‥せいだったから‥‥‥‥‥」
　声のとぎれるゆき姉。
　僕たちは黙り込みました。

　西条くんは、
「違うよ。ゆき姉」
「？」

「だって‥‥‥。だってさ、ゆき姉。初恋の人だもん。なによりも大切だったんだ‥‥‥」

「なによりも」

　Because.......

第16話　預金者たち（1）

　西条くんは翌日、メンバー全員を招集しました。
　全員招集、というのは、放課後部活のある我々にとっては、極めて珍しいことです。

「お前ら！　本日はお足下の悪い中‥‥‥」

「だから西条ようー。俺ら廊下しか歩いてねーから! な? 足下悪くねーんだよ。ぜんぜん!」
「お足下以外の挨拶覚えろよっ」
　言われて西条くん。考え始めましたが、
「え〜〜〜っと。本日は……お顔の悪い中……」
「本日は……お頭の悪いなか………」
「本日は……膀胱のお悪い……」
「腎臓の悪い………十二指腸……うぅ………」

「ばか! なんだって西条にそういうむずかしいこと言うんだよ! 西条、泣き出してんじゃん」
「あーーー、悪かった。西条。足下悪い! 悪いから始めてくれ」
　西条くん、
「ほんとに足下悪い?」
「うん! 悪い! ものすごく足下悪いからさ!」
「そっかそっか!」
　とたんに元気。しかも、
「はじめっからそう言やぁいいんだよ」
　生意気。

「うんうん。で、今日集まってもらったのは、お前らにちょっとお願いがあってな」
「ま、またかよ……」

「今度は爆弾盗めとか言うんじゃないだろうなぁ？」
「まがりなりにも前回も逮捕者出てんだぜ？」
〝まがりなりにも〟の使い方がちょっとヘン。
「そうだそうだ。修学旅行前は大人しくしてーんだからさぁ。かんべんしてくれよー」
「いやいや。今度は違う！　いいことだ、いいこと！　偽善事業だ」
「慈善事業だろ‥‥‥？」
　偽善事業じゃイマイチいいことになりきってません。

「で？　なんなんだ？」
「うん。実はな、お前らに貯金通帳をやろうと思ってな」
「貯金通帳ぉぉぉぉ？」
「なんだ知らないのか、お前ら。こう、銀行にお金積むとさ、ノートのちっちゃいやつみたいなのがもらえてな‥‥」
「いやいや。西条。さすがに俺らも通帳は知ってるから。しかもお前に教えられたくないからっ！」
「お。知ってれば話は早い」
「じゅうぶん遅せーよ。バカ！」
「でな？　お前らにも通帳作ってやるわけなんだがー」
「ああ。そいつはありがてーやっ！」
　孝昭くん。ヤケです。
「通帳ってのはな。金積まなきゃなんないって知ってるか？」

第６章　小さな太陽

「だからそれくらい知ってるって!」

「それでー。通帳作ってやるかわりに、金積んでくれ」
　どこの銀行が、通帳作ってやるかわり金積め、などと恩着せがましいことを言うのでしょう?　お金を積めば通帳は勝手にできあがるものです。

「西条。それってさー。早い話、ゆき姉の銀行に口座作れってことじゃないの?」
「そーっ!　それっ!　ゆき姉さぁ。預金集めの係やってんだよ。協力したいだろ?　お前らも」
「いやー。協力したいのはお前だろ?」
「そうそう。ゆき姉と抱き合ったのお前だけじゃん」
　孝昭くん。かなり根に持ってます。
　この不平不満は完全無視して続ける西条くん。
「ということで、お前ら。ゆき姉の銀行に預金しろっ!」
　命令形。
　しかし‥‥‥。
「あのさー。それって〝花火盗め〟よりずっと難しいぞ」
「そうそう。元手ねーもん。お前、ある?」
「ない」
「僕もない」

　しかしこの不平不満もカンペキ無視して西条くん、

「預金したやつには、もれなくゆき姉のな……」
「え？　なになに？」
「なんだ？　なんかもらえるのか？」
「抱擁か？　抱擁！」
「はやく言え！　西条！」
　とたんに身を乗り出すメンバーたち。

「ハンコついた通帳、さしあげます」

「なんだよっ！　それ！　あったりめーだろ？　そんなもん！」
「なんだー。〝下着見れる券〟とかだと思って期待したのに」
　そんな銀行、どこにある。

「だいたいさー。あの支店って、チャーリーの親戚が支店長じゃなかった？」
「え……。あああ。伯父さんだよ」
「え？　そうなのか？」
「じゃあ、チャーリーは口座持ってんだな。あそこの銀行に」
「ん？　いや……。郵便局だけ……」
「なんで？」
「だって。オヤジが郵便局だもん」

そうです。チャーリーの家は、特定郵便局。いわば金融一族なのです。

「とにかくさ。口座作れるような金はぜんっぜんないっ！ 正月の後とかに言えよ」
　断言するメンバーたちでしたが、
　ここで西条くん、
「フッフッフ。そう言うと思ってな。秘策を考えておいたんだよ」
「秘策？」

　ものすご～くイヤな予感がします。

第17話　預金者たち（2）

「そうくると思ってな。貧乏人のお前らにバイトのくち、探してやったから」
「バイト～～～～～？」
「おお。１日2000円！　悪くねーだろ？　もう申し込みしてきてやったからさ」
「申し込みしただぁ～～～～？」
「ああ。20人近く住所氏名書くのたいへんだったぞ。住

所って意外に漢字多いのな！」
　いや。意外じゃないだろ？　どういう人生送ってきたんだ？

「それにしても、よくこの人数雇えるバイトあったな」
「うん。これがあるんだなー。何人でもいいってやつが」
　西条くん、得意満面。
「へー。なんなんだよ？」
「洗車」
「はい？」
「洗車」
「ぁあ？」
「洗車」

「バッ、バカ野郎！　こないだ町内の車洗ってやったばっかなのに！　なんでまた同じ苦労拾ってくる⁉」

「いや、隣町の中古車の卸し屋がな。月に何回かワックスがけで洗車屋たのむんだけどさ。全車洗うと５万くらいかかるんだってさ」

「全車って何台？」
「100台」
「はぁ？」

「100台」
「あんだって？」
「100台」

「ひゃ、ひゃ、100台もワックスがけできるかっ!!」

「1人あたり5～6台だぞ。楽なもんじゃん」
「こないだ6台に12人で何時間かかったと思ってる!?」
「そうだそうだ。だいたい20人って分母も怪しいぞっ！」
「でも申し込んじゃったから。キャンセルするとキャンセル料、お前らにいくぞ。住所氏名書いちゃったから」
「く、くそ～。なんてヤツだ!!」
「まぁまぁ。金入んだからいいだろ？」
「こいつ～。ゆき姉のためなら手段選ばねーなー。覚えてろよ。西条!!」

　相当恨み買ってます。西条くん。

「で、いつだよ？」
「月曜日」
「学校あるじゃん」
「創立記念日」
「あ‥‥‥‥‥」

はかられた‥‥‥。
西条くん以外の全員がそう思いました。
貴重な日月連休。またしても僕たちは、しょーもないことでつぶされてしまうのでした。

そして創立記念日の月曜日。
休みのつぶれたメンバーは、ぶちぶち言いながら中古車屋さんに集合。さすがに用事を避けきれなかった者もいて集まったのは16名でした。

「おお。バイトども。じゃあ、仕事説明すっからな」
思わぬ人足に、大喜びの中古車屋の社長さん。

「まずこっちな。洗車終えてる70台。こっちは水洗いとワックスだけでいいから」
「は〜い‥‥‥‥」
「それからそっち。今日入ってきた車な。こっちは洗車とワックス。60台だ」
ん？

　70＋60＝100　　×
　70＋60＝130　　○
　130÷16＝たくさん／1人　　◎

げっ！

「西条っ！　ぜんっぜん多いじゃん！」
「んー。最初っからその台数言うとお前ら来ねーからな」
　くっ！
「くそぉ。バカ西条がぁ!!」
　もめる僕たちに社長さん、
「あー。もめてるとすぐ暗くなっちまうぞ。さ！　開始してくれ」
「はい～……」

　もくもくと洗車を始めた僕たちに、
「お！　お前ら、けっこう筋いいなぁ？　高校生のくせに。どこで覚えた？」
　監督に来た社長さん。
「あー。僕たち、警察直伝ですから」
「け、警察……？」

・・・・・・・・・・・・・・・・・・・・・・・・・

第18話　預金者たち（3）

　翌日は普通授業。
　よりによってこの日、体育がありました。しかも２時間

連続。

「まいったよなぁ。まさかケンスイやらされるとは‥‥」
「結局、昨日の洗車、西条以外、ほとんど誰もできなかったな」
 そうです。その日のカリキュラムは「鉄棒」。最悪でした。

「こらぁっ！ なんだ、お前！ １回もできないのかっ？ 小学生にも劣るな。コラッ！」
 体育教師が怒鳴りちらしています。
 今思うと、ケンスイできないくらいで、なにをそんなに怒られなきゃいけないのかわかりませんが。

「だって先‥‥生、小学生‥‥洗車し‥‥ないでしょ？」
「あ？ なに言ってんだ？ お前」
「昨日バ‥‥イトで洗‥‥車したん‥‥ですよ‥‥もう、腕‥‥死んでま‥‥す。勘弁し‥‥てくだ‥‥さい」
「えっ？ お前、洗車できるのか？ 俺のもやってもらおうかなっ」
「え‥‥‥‥？」
 また藪蛇？
「よーしっ、決めたっ！ 今日、ケンスイ10回できなかったやつは俺の車の洗車させるからなっ！」

第６章　小さな太陽　　123

「え～～‥‥～～‥‥～～‥‥～～」

　思えばこれって無茶な話ですよね。いえ、できよーができまいが。それぞれの体のつくりってもんがあるわけですからね。なんで体育系の教師ってのは‥‥‥。

　漫画じゃあるまいし、この状況から、突如10回もできるわけもなく、少しムカついた僕、
「せ‥‥先生のく‥‥るま‥‥洗車‥‥無駄じゃな‥‥いすか？」
「なんだとぉっ!?」
「洗うと‥‥かえっ‥‥てボロが‥‥目立ち‥‥ますよ？」

　現代の公務員天国と違いまして、当時の教師は、給料が安かったため、あまりいい車に乗っておられませんでした。
　特にこの体育教師の車は、見るも無惨な「マツダカペラ」で、そのへんに駐車していたら、廃棄物と間違われて持っていかれそうなシロモノでした。

「よぉーーしっ。今の訂正ーーーっ！　洗車、こいつ１人にやらせるから、他はいいぞーーーっ！」
　お、大人げねーーーー!!!

「わはははは。やったーーー」
　全員大喜び。

　あれほど懲りた洗車。まさか今日もやる羽目になるとは……。
　まったくもって口は災いの元です（泣）。

　放課後、本当に洗車させられていた僕のところに、孝昭くんたちがゾロゾロと集まってきました。
　西条くんの姿が見えません。めずらしいパターンです。

「おー！　がんばってるな！　ベテラン洗車屋！」
「いっそ職業変えたらどうだ？」
　ムッ！
「お前ら、冷やかしに来たのか!?」
「まぁまぁ。ここ学校だからさ。手伝うってわけにもいかないだろ？」
　学校でなくっても手伝わないくせに‥‥。

「それよりさぁ。相談なんだが……」
「なんだよ‥‥。こら！　ワックスしたとこ手ぇつくな。塗装が落ちるぞ！」
　あわててボディから手を離す孝昭くん。
「今回のさぁ。この一連の預金騒ぎだけどさぁ……」

「うん」
「腹たつと思わねぇか？」
「いや。西条ならいつものことだから。お前らも馴れてるだろ？」
「うーん。でもきっとさ。西条、ゆき姉には〝ケライに預金させる〟とか言いかねねぇぞ。あの調子じゃ」
「ふむぅ」

　言いかねない、と言うより、絶対言います。西条くんは。
　あのテンションなら間違いありません。

「いや。ゆき姉がいい人だってのはわかってるし、西条の思い出も感動的だけどさ」
「第一、奇麗だしな」
「ウェストも細いしな」
「ひきしまった足首もいいな」
　そこまで見てたか。
　感動的はどうした？

「それを西条だけが抱擁しやがって‥‥‥」
「俺らは預金だけ」
「抱擁なし」
　結局そこが悔しいんだな。
　わかりやすい連中です。

126

「うん。で、なにが言いたいわけ？」

　今度は久保くん。
「だからよぉ。預金もするとしてー。西条にも、ひと泡ふかせないと気が収まんねぇ」
「え？　仲間割れか？」
「いや、そうじゃーなくって‥‥‥」
　孝昭くんが僕に耳打ちします。

「ふんふん。なるほど‥‥‥」
「でな、その方法を考えてほしいんだよ」
「え？　西条へのイタズラを僕が？」
　しかし、これは実は珍しいことではありません。
　駐在さんや世間様を相手にする前は、僕たちも仲間同士で仕掛け合っていたものでした。

　そこへちょうど体育の先生。
「おいっ！　ワックスがけ終わったかあっ？」
「あ。はい。終わりました」
「あん？　ぜんぜん奇麗になってないなっ？」
「あー、ええっと。現実をしっかり見ないと。先生」
「なにっ!?」
「ワックスかけるごとに塗装が落ちるんですよ。あまりに

画期的な車で‥‥‥」
「うっ、ウソだろっ？　俺のかわいいカペラちゃんが‥‥」

　カペラちゃん、老婆です。

　老婆カペラちゃんにすがって落胆する先生をほっとき、僕たちは作戦会議のために下校。
　西条くん以外のメンバー16名が孝昭邸に集まりました。

「つまりは、西条が預金集めたことがカッコわるきゃいいわけだよな？」
　僕の質問に孝昭くん、
「うんうん。ゆき姉に対してはそれなりの華もたせたまんまでな」
　なんだ、その〝赤上げないで白下げない〟みたいな条件は？

「だってさー。あの労働だぜ？　誰もバイトなんてしたくないのによー」
「その上預金ってなぁ。すぐにおろすなとか言うし」
「手柄は西条総取り」
「抱擁なし」
　それはわかったから‥‥‥。

128

「明後日だよな? 預金に行くのは」
　と、僕。
「うん。昼、全員でって。西条が言ってた」
　銀行は3時までしか開いていないので、放課後というわけにはいきませんでした。

「じゃあさぁ‥‥‥‥‥」

第19話　預金者たち（4）

「ええええええええ?!!!」

「そ、それってあまりにすごすぎないか!?」
「うん。でもチャーリーの伯父さんが支店長だろ?　仲いいのか?」
「あ、うん」
「じゃぁ、チャーリー先頭ならなんとかなるじゃん」
　僕には自信がありました。
「た、たしかに‥‥‥‥めっちゃくちゃ面白いけど‥‥‥」
「大丈夫だよ。割り箸だもん」
「まぁ‥‥‥割り箸、だよな。確かに」

第6章　小さな太陽　　129

始めこそ不安な顔つきのみんなでしたが、
「いやー、面白い！　お前、天才だ！　**よくない意味での**」
「さすが神童タカさんの息子！　**親も泣いてるぜ！**」
「うん、天はなんでこんなやつ世の中につくっちゃったのかな」
「**なんかのミス**だよな」

　お前ら。それで褒(ほ)めてるつもりか？

「わかったから。それで……やるのか？　やらないのか？」
「おーっ！　やるとも！　‥‥ってチャーリー次第か‥‥」
　これに対しチャーリー、
「うん。まかせとけっ！」
　胸をたたきました。

　思えば、いままで行ってきた数々のイタズラも、ノッポさん部隊であるチャーリーが表に立つことはありませんでした。
　チャーリーにすれば、初の大舞台です。

「おおお！　たよりになるなー。チャーリー！」

「うん。チ○ポちっちゃいのに、肝でっかいな」
「うん。皮かぶっててもやる時はやるもんだ」

「うるせーーーー！」

　ちゃんと褒められないのでしょうか？

「じゃぁ、決行は明後日！」
「おーーーー！」

　翌日、僕たちは、西条くんにナイショで準備を始めました。
　小道具の製作はノッポさん部隊が。道具の運搬は孝昭くんたちが行いました。
　が、いつも一緒の西条くんにバレないように動くのは、それはそれでかなりしんどいことでした。

「なぁ。割り箸、これで足りるか？」
「ああ。十分だ。っていうか、割り箸以外ないもんかな？」
「別にいいじゃん。なんだって」
「じゃぁ、それノッポさん部隊に渡して」

「なぁ、鎧兜（よろいかぶと）、僕が着なきゃだめか？」

グレート井上くん。今はなつかしき『俺たちはカメ』（1巻参照）で捕まって以来、かなり懲りたようです。
「んー。久保にでも着てもらえ。あいつ着たがってたから」
「ああ。助かるよ」

「それからこれ。夕子のパンストなんだけど……」
「あ！　馬鹿！　井上！」
『夕子ちゃんのパンスト』。こんなおいしい単語に、孝昭くんたちが反応しないわけがないのであって、うかつでしたグレート井上くん。
「な、なんだって？　夕子ちゃんのパンスト!?」
「井上〜！　お前やっと理解できたんだなー！」
　何をでしょう？
「お、俺によこせ！　こら！」
「バカヤロー！　これは孝昭でもゆずれねーぞ！」
「お、お前ら、友達の縁切るぞ！」
「ああ。切りやがれ！　**青春で一番大切なものは友達よりパンスト**だ！　パンスト！」

　情けない青春です……。

　この騒ぎにグレート井上くん、
「ばか！　履(は)いたの持ってくるわけあるか！　新品だ！

新品!」
　遅まきながら釘を刺します。
「なぁ～んだ～」
　一同がっかり。

　僕たちは、この騒ぎのさなか、修学旅行のことなど、すっかり頭から消えていたのでした。

第20話　預金者たち（5）

　当日、僕たちは全員で丸く円陣をつくっていました。
　そうです!　オクラホマミキサーを踊るために!

　違います。
　でも、オクラホマミキサーって貴重な「異性と触れ合える体験」で、ワクワクしませんでした？
　もう、好きな子の順番とか来ますとね、肩に手まわせるんですよね。
　で、髪のいい匂いがただよとうとたまりませんで。若いですから。
　けつまずいたフリして押し倒したりするんですよネ。
　え？　したでしょ？　実際は内股かけて転ばして。

第6章　小さな太陽　133

で、どさくさにまぎれて胸に触れたりね。若いですから。
　え？　みんなしたでしょ？
　でも人数多いと、その直前で音楽止まったりしましてね。それも人数足りない分を補ってる先生か男子で止まると最悪で。
　これじゃ寝覚めが悪いってんで、無理矢理「先生、もーいっかいー」とかね。
　で、好きな子に達するとうれしくって。つまずいたフリして押し倒したりするんですよネ！
　終わるまでに４回くらいつまずいちゃうわけです。
　え？　したでしょ？

　西条くんは予想通り、４時間目をサボって銀行に先に行っていました。
　案の定、
「かならず来いよ！　ハンコ持ったか？」
　大いばり。

　僕たちは、その日全員「早弁」をし、昼休みに備えました。
　やっぱり戦の前は腹ごしらえです。

　そして円陣です。
　実はオクラホマミキサーしてたわけではありません。

そこは銀行そばのちょっとした空き地。

なにをしているか？　と申しますと、それぞれ学生服を後ろ前逆に着ているのです。つまり背中がボタン。

背中のボタンは、ブラのホックなんてなまやさしいもんじゃなく（したことないんでわかりませんが）、自分でははめられません。

そこで、それぞれ前の人のボタンをはめてやるために、円になってるわけです。頭いい!!

当然、全員ほぼ同時に着替えが終了します。

逆に着ているので、襟のカラーは邪魔になりますから、全員はずしています。つまり、前から見ると真っっっ黒。学生服ですからね。

次に手ぬぐいです。

ファッション性を重視してほぼ全員おそろい。

それも「祭」とか「農協」とか「全農連」とかデカデカと書かれた手ぬぐいで、3名を除き、全員がこれでマスクしました。マスクというよりは大掃除にしか見えませんが。

除かれた3名とは、久保くん、チャーリー、そして孝昭くん。

久保くんは鎧兜の係ですので、マスクは始めからゴツイのがついてます。

チャーリーは役どころから、マスクはしません。彼は逆に顔が見えないと困るのです。
　では孝昭くんは、と申しますと、そうです。パンティストッキング。

「なぁ。これさぁ。真ん中に縫い目入っててマヌケなんだけど‥‥‥」
　確かに。
　普通のストッキングと違い、パンストは真ん中に縫い目があるため、顔の中心にそれがくると爆笑もの！
　中心からずれたらずれたで、イマイチ落ち着かないのは通常使用（？）といっしょです。履いたことないけど。

「わはははは！　いや。それ以前に耳がマヌケだぞ、耳が！」
　はい。なにしろパンスト。
　足部分はだらしなく左右にぶらさがったまんま。「メイクアップ！」にしくじったセーラームーンみたくなってます。

「うーん。どうしよう？　耳」
　ほんとは、耳じゃなくて足ですが。
「よし。じゃぁ、まるめてやるよ」
　手際良く耳をまるめて結びます。

が、
「わはははははははは。コアラだ！　コアラ！」
「え〜〜〜〜!?」
　もっと面白くなってしまいました。
　全員大爆笑！
「でも、それくらい面白いほうがいいや。それでいこう！」

　はい。たいへん長らくお待たせいたしました。
　もう、おわかりのことと思いますが、僕たちが企んだ最低最悪の事件。それは、

銀行強盗です。

　割り箸ですか？
　割り箸の使い道は、食べることのほか、これしかありません。
　ゴム鉄砲です。僕たち、本当の銃持てませんから。
　ゴム鉄砲で強盗ができるかって？
　できるわけないでしょっ！　だからこそ成り立つんです、この作戦が。

　全員がノッポさん部隊が作ったゴム鉄砲を受け取ります。
　ご丁寧に黒塗りされているものもあり、スタイル自体は

なかなかです。見るからにゴム鉄砲ですけどね。

 しかし割り箸の数から2名ほど足りなくなりました。
「いいや。お前ら、指鉄砲で」
「え〜〜!? 指ぃぃ？」
 ぶつぶつ言いながら指にゴムをしかける1年坊。うち1名はジェミー。

「よし！ 行くぞ！」
「おーーーーーー!!!」

 僕たちは意気揚々と、西条くんとゆき姉の待つ銀行へと向かいました。
 途中、大通りを歩かなくてはなりませんでしたが（なにしろ銀行があるほどですから）、まぁ、目立つ目立つ。
 全員黒装束にピストル持ってますから。
 しかもしんがりは鎧兜。
 大注目です。

 そしてとうとう銀行横に到着しました。
 これ、止まったら止まったで、えらく目立つ集団でした。町中の人がこっちを見ているのがわかります。

「よし！ チャーリー！ 出番だぞ！」

「よ、よ〜〜し‼」

　最初にチャーリーを覆面なしで送り込んだのは、行員の人たちを驚かせないためです。
　チャーリーは支店長の甥(おい)ですから、黒装束の甥を見て、
「なにやってんだ？」「いえいえ」
といったくらいの会話はできるはずです。行員の人の目も馴れます。
　他に利用客がいると、ことがやっかいになりかねませんから（なにしろ強盗ですから）その下見もかねていました。

　そしてチャーリーの「OK」の合図と同時に、全員が乗り込む、という手はず。
　我ながら万全です。あー、ワクワクが止まらない。

　やがて自動ドアが開き、チャーリーが緊張した面持ちで店内へ。

　そして……。
　銀行のガラス越し、チャーリーが手をふりました！
　OKだ‼

「よし！　行けっ！」

第6章　小さな太陽

僕たちは、どどっと、銀行内に乗り込むと、一瞬で3つの窓口すべてを占拠!
　1番窓口を僕。2番窓口を孝昭くん。3番窓口を河野くん!
　残りのメンバーは行員に向けてゴム鉄砲をかまえます!
　ちょっと『チャーリーズ・エンジェル』ばり。
　そして全員が窓口のお姉さんに、割り箸のゴム鉄砲を向け、叫びました!

「手を上げろ‼」

　お金をとりだし、ハンコと一緒にカウンターに叩き付け、
「預金だ‼‼」

　シン‥‥‥‥

　行内が静まり返りました。
　ところが。
　見回すと、行員に混じってチャーリーも手を上げています。

　???

「な、なんでお前が手ぇ上げてんだよ」

「し、支店長、変わっちゃってるんだ」
「はぁ?」
「だからぁ。支店長、伯父さんじゃなくなってんのっ!」
　え!
「それってまったく他人ってこと?」
「う、うん。ぜんっぜん知らない人‥‥‥」
　ウソ‥‥‥‥‥‥!
「じゃぁなんで手ェふったんだよ!?」
　行員さんにゴム鉄砲を向けたまま、コソコソと怒鳴る僕。
「あれはバイバイだよ。バイバイ!　来るなってこと!」

アホかっ!!
区別つくか!　そんなもんっ!

えっと‥‥‥。どうしよっかな‥‥‥‥。

「あの〜。こちらで‥‥通帳‥‥‥つくりたいんですけど‥‥‥‥いいですか?」

第21話　17人いる!　(1)

行内が静まり返る中、さらに想定外のことがおきました。

銀行のロビーがせまかったために、この時点で、まだ全員入りきっていなかったのです。したがって、外にいるメンバー数人は、鎧兜の久保くんを含め、まだ中の異変を知りませんでした。

 おかげで、このバツの悪さの中、
「**手をあげろ！　預金だ！**」
「**手をあげろ！　預金だ！**」
　「**手をあげろ！**　って‥‥‥あれ？」

 まるで『シャボン玉ホリデー』の「お呼びでない？」状態。ある程度の年齢のかたしかわからないでしょうが。
 そして最悪だったのは鎧兜の久保くん。彼は、ほとんど耳が覆われておりますので、特に聞こえません。

「**どけどけどけどけ！**」

 鎧兜の武将が入ってくれば、一般人もさすがに道をあけます。いえ、ひれ伏すわけじゃなくビックリで。
 この時、お客様は2名。僕たちを数えなければですが。
 いずれもオバさんでした。

「**窓口はどこだ！　預金窓口はどこだぁ！**　……って、あれ？」

ナマハゲじゃないんだから‥‥‥。

「あ!?　あなたたち!」
　河野くんがゴム鉄砲を向けているのは、あのゆき姉でした。
「あーこんにちは〜」
　気まずく挨拶する河野くん。
「な!　なにをやってるわけ?」
「えっとー。なにをって‥‥**預金**なんですけどぉ‥‥‥」

　ここで支店長（チャーリーの伯父さんではない）らしき方、
「な、なんなんだ?　津田くん、知ってるのかい?　この学生たち」
　津田、とは、どうやらゆき姉の苗字のようでした。この時までまったく知りませんでしたが。
「え、ええ。ちょっと‥‥‥」
　そりゃぁ、こんなの知り合いって言いたくありませんよね。無理もありません。
「き、君らはどういうつもりなんだ!?」
　これは支店長。

「えっとですねぇ‥‥‥」
　仕方ないので、かいつまんで事情を説明すると、

第6章　小さな太陽　143

「なんだって？　麻生支店長の甥御さん？　**麻生さんは本店勤務**になったんだが」
「そ、そうでしたかぁ‥‥‥」
　チャーリーのバカ野郎‥‥‥。
　ここにきてようやく手ぬぐいの「覆面」をとる僕たち。
　すると支店長。
「あれ？　君は井上さんとこの？」
「あ‥‥はい。父がいつも‥‥お世話になってます‥‥」
　さすがグレート井上くん。
　大お得意様のぼっちゃんか？
　少し安堵する僕。

　しかし、僕たちの知らないところで事態はちゃくちゃくと悪化していました。

「すると君らはそこの高校の生徒か？」
　と、支店長がぶっちょう面をしたところで、
「‥‥あ、あの〜。支店長、お話し中すみません‥‥‥」
　と、申し訳なさそうに女子行員さん。
「ん？　なにかね？」
「それがぁ‥‥‥」

「えーーーー!!　非常通報ボタンを押したって!?」

「え‥‥ええ。すみません。まさか私、あの、預金者とは思わなくって‥‥‥あの‥‥‥」

えええええええええええええええええ!?

「な！　た、たいへんだ！　すぐに警察に訂正の連絡を入れろ！」
「は、はい！」
「なんだってそんな重要なこと、早く言わないんだ！」
　泡を喰う支店長。
「す、すみません」

　みなさん。絶対にご存じないと思いますが、銀行の非常ボタンというのは、実はすさまじい威力を持っているのです。
　そのバスターコール（『ONE PIECE』参照）の威力を現場から実況いたします。
　もし誤報であった場合、銀行は訂正の電話を入れまくらなくてはなりません。また、ある一定時間を置いて、警察と警備会社、本店などから確認の電話が複数回入ります。

　もう突如として銀行は、蜂の巣をつついたような大騒ぎ。
　電話対応におわれる行員さんたち。
「え、ええ。ですから先ほどのは誤報ですので。申し訳ご

ざいません」
「え？　パトカー向かったのがある？　すみません。無線で止めてください！」
「あ？　本社ですか？　いえ。はい。あれは誤報です」

「あー。窓口は1つ閉めて。2つで残りのお客様対応しなさい！　シャッターはおろさなくていい！　窓際の鉢植えどけて！　中見えるように！」
　そのすさまじい様子をゴム鉄砲を片手に学生服後ろ前逆のまま、呆然と見守る大マヌケな僕たち。

「井上くん！　君ら、とんでもないことしてくれたなぁ！　もうすぐ警察が集まるぞ！」
「えええええええええ!?」
「と、とにかく。君たち、そのおかしなカッコウ、なんとかしたまえ!!」
「は、はい〜……」
　なんとかしろったって、例によって自分で脱ぐことができません。
　僕たちは、4人ほどの円陣をつくって、またそれぞれの上着を脱ぎました。もう、オクラホマミキサーの楽しさを語っていられるレベルではありません。

「そ、そこの、鎧の君！　君は奥の部屋にいなさい！」

「はい……」
　頭をかく鎧武者。まぁ、言ってる場合じゃありませんけど、テレビでも見られません。

　ゆき姉もすっかりおかんむりです。
「君たちって、なにを考えてるわけ!?」
「えっとー。だから預金……」
「馬鹿！」
　ところで、僕たちの本来の標的であった肝心の西条くんの姿が見当たりません。どういうことでしょう？

　支店長がおっしゃった通りでした。それから数分して誤報連絡の間に合わなかったパトカーが外に待機しだしました。
　1台……。いや、2台？
　速え〜〜！　警察ってこんなに速いんだ。ビックリです。
　わかりますか？　パトカーが外にいるのに「警官が1人も中に入ってこない」という緊迫感。
　町の人たちも、パトカーが銀行前に停まりましたから、なにごとかと集まり始めていました。

「ちょ、ちょっと、私が事情説明に行く！」
　支店長はおおわらわです。
　お気の毒に……。

第6章　小さな太陽

コアラのパンストを脱ぎながら孝昭くんが僕にむかって言いました。
「やっぱさー。ノッポさん部隊、実行には使えねぇな」
「うーん……馴れてないって怖いな……バイバイ、だって……」
「お前、なんとかしろよ」
「なんとかしろったって………」
　予定としては、チャーリーが事情を説明した上でのシャレのつもりでしたので、これこそ文字通りシャレになりません。

　その時です。
　外から奇妙な争いが聞こえてきました。

「駐在ぃ！　なにやってんだ？　こんなとこで！」
　西条……。
　そっか。一番近い警察って、駐在所だぁ………。
　ああ……またしても………。
　突如外から聞こえてきた西条くんの声。
　あいかわらずノーテンキ。

　これに駐在さんが答えているようでしたが、なにぶんにも隠れているわけですから、声など出せないわけです。

こう言ってはなんですが、西条くんは、こういう「状況判断能力」には、著しく欠けている人間でした。
「なに？　なに？　聞こえねーよ！　駐在ぃー」
　もしこれが本当の銀行強盗であったなら、とんだ妨害です。

　支店長は、おそらくパトカー側に先に状況説明に行き、隠れていた駐在さんには気づかれていないのでしょう。
　つまり、この時点で、西条くんには、この事件を起こしたのが、僕たちであるということがわかっていません。

　なのに、
「なんだよぉ。駐在ぃ。まさかピストル持ってっからって銀行襲う気じゃねぇよなぁ。あはははは」
　バカ西条が……。余計なことを……。

　ん？　まてよ？　西条が来たということは……。
　僕は孝昭くんに耳打ちしました。
「OK！」
　小声で答える孝昭くん。
　やがてこれは全員に伝言されていきます。
「了解〜」「ラジャ！」「ナイス！」

　行内は、まだ「誤報」の対応に追われていましたが、一

応は窓口も再開し、普通の業務にもどりつつありました。
　ロビーいっぱいに「怪しい学生」が溢れていることを除いて。
　普通客（めずらしい単語ですが）であるオバさん２人も、どうやら無事取引を終えたようです。
　ときおり、すさまじい目つきでこちらを睨んでいましたが……。
「……すいませ〜ん」
　見ず知らずのオバさんに頭を下げる僕たち。

　やがて警官より一足早く、西条くんが銀行内に入ってきました。すでに僕たちは、普通の格好（ゴム鉄砲を除く）にもどっておりましたので、彼はごく普通に待ち合わせが成功したと思っています。

「お！　来てたな！　感心、感心。ハンコ持ってきたよな？」
「あ…ああ」
　西条くん。銀行内の「不穏な空気」がまったく読めていません。
「えーっと。16人、全員いるか？　ん？　久保が見えないが」
　あいかわらずのいばりまくり。
「あ、ああ。久保は、奥の部屋にいるんだよ」

「そうそう。久保、VIPだから」
「ははぁ。またハウドゥユドゥかぁ？　しょうがねぇなぁ。久保のやつ」
　勝手な解釈の西条くん。
「ま。来てりゃいいや。あいつ使い込むんじゃねーかと心配してたんだ」
　自分で稼いだ自分の金を「使い込む」と言われてはかないません。

　外では１台のパトカーが支店長の説明を聞いてか、帰っていきました。
　が、もう１台は残っています。

　やがて西条くんが、
「ゆき姉、俺の家来がさぁ‥‥‥」
　と、話しかけたところで、駐在さんを先頭に、３人のおまわりさんが、支店長につれられて入ってきました。

「!!!」
　一番驚いているのは、やはり駐在さんです。

「あーーーー!!!　またお前らっ!!!」

　開いた口がふさがらないとは、よく言いますが、この時

第６章　小さな太陽

の駐在さんは、本当に口が開きっぱなしでした。直径にして25cmくらい。かなりなハイレベル。
　この警察官の乱入に、まったく事情がわからない西条くん。きょとんとした顔で駐在さんを見ています。

　もう1人のおまわりさんが言いました。
「ひととおり説明はしてもらったが、お前たちにも聞きたいことがある！」
　駐在さんより、少しご年配といった感じのかたでした。おそらく地位も上？　どっかで見覚えがあります。
　が、このおまわりさんを見たとたん、孝昭くん。

「あーーーー！　ダチョウ！」
「あーーーー！　あんときの！」

　そうです。道場で孝昭くんと好き放題やりあったダ‥‥‥ブチョウさん。最悪‥‥‥。

　ところがまったく事情を知らない西条くん。
「なんだよ！　なんで預金すんのがこんな騒ぎになってんだ？　悪いことしてねぇぞ」
　チャンス到来！
　僕が西条くんに言いました。
「ゴメン‥‥‥。西条、僕たち、お前の言う通りに動いた

んだけどさ……。失敗しちゃって」
「し、失敗？　なにを？　ハンコ持ってきたろ？」
　孝昭くんがすかさず、
「いやぁ。ゆき姉に華もたせようと思ったんだけどさぁ」
　これに続いて全員が西条くんにスキを与えぬように謝罪します。
「ゴメン。西条。うまくやれなくって」
「お前の作戦、抜群だったんだけどさ。残念だ」
「はぁ???」
　恐怖『裏切りの街角』作戦!!

「とにかく！　お前ら、何したかわかってんだろうな!?」
　ダチョウさんと駐在さんは、あいかわらずの激怒。
「はい……」
　神妙なみんなに、
「預金しに来た!!」
　やたら堂々とした西条くん。まんざらはずれてはいません。
「何人いるんだ？　今回は。……15、16、17と……。17人だな!?」
　やった！
　西条くん、カウントに入ってます！
「はいっ！　全部で17人です!!」
　とりあえず、僕たちの目的である「VS西条」作戦は形

第6章　小さな太陽　　153

を変えて成功！

「あ？　俺らがなにしたってんだ？」
　西条くん、当然の猛反発ですが、
「自分の胸に手をあててよく考えろ‼」
「お、俺の胸？　……女子行員さんの胸に手をあてれば思い出すかも」

「バカヤロウーーーー‼‼」
　駐在さん、マジギレ。

「あのぉ、すいません……あの……、僕たち午後の授業始まっちゃうんですけど………」
　恐る恐る聞いてみました。
「帰せるか！　ばかもん！　銀行強盗ゴッコなんざしやがって！　なんで本物の銀行でやる⁉」

「ぎ、銀行強盗ぉぉぉお??」
　西条くん。

　ここでバレてはもともこもありませんので、
　すかさず僕たち。
「ごめん。西条、僕たち、まったく君の期待に応えられなくって」

「うん。ごめんな。西条。ドジなケライで」
「すいませんでした。西条親分」
　この「親分」にいくぶん気をよくしたのか西条くん、
「お、おお。まぁ、しょうがねえよな！」
　いばりまくりっ！
　再び『裏切りの街角』作戦、成功。

「ところでゆき姉、俺たち預金に来たんだけどさ〜〜」
　この期におよんで、まだぜんっぜんわかっていません。
「西条の馬鹿!!」
「はい？　な、なんで？」
　西条くん。お気の毒。

　この騒ぎを収集したのは支店長さんでした。
「まぁ‥‥おまわりさん。うちにとってもこれだけの人が新規口座を開設に来ていただいた手前、お客様はお客様ですから‥‥‥」
「まぁ。支店長さんがそうおっしゃるなら」
　これはダチョウさん。
「お騒がせしてたいへん申し訳ございませんでした」
　支店長さんが謝りましたので、僕たちも、
「どうもすみませんでした。もうしませ〜ん」

　西条くんだけが、

「え？　もうしないって‥‥預金を？　はぁ？」
　裏切りの街角。

「お前たち！　学校終わったら揃(そろ)って駐在所に出頭しろ！　わかったな！」
　駐在さん、いまだ怒りさめやらず。
「はい‥‥‥」
「17人全員だぞ！」
「はーーーーーい！」
　ここは張り切って返事しました。だって、西条くん入ってますから。

　僕たちが、苦心惨憺(さんたん)（？）、ま新しい通帳を受け取って銀行を後にした時には、すでに5時間目が始まっていました。

「やばいなぁ‥‥‥‥‥」

・・・・・・・・・・・・・・・・・・・・・・・・・・・・・・
第22話　17人いる！（2）

　西条くんはまだ現実を把握できていません。
「なんなんだ？　なんで預金で警察来るんだ？」

「ああ。そりゃ西条。これだけの人数一斉に預金に行けば警察も来るさ」
「そ、そうかな。まぁ17人だからな。無理ねぇな」
　１人2000円くらいで、そんなわきゃ絶対ないんですが。

「それよりさぁ。どうする？　６時間目、始まっちゃうぞ」
「うーん。さすがに２年生が一度にこの人数いねぇのは騒ぎになってるよなぁ」
「うん。メンバーがメンバーだからな。ただじゃすまないだろうなぁ‥‥‥」

「修学旅行‥‥‥‥」

　あ！

　そうです。
　〝ちょっとでも問題を起こした者は修学旅行はつれていかない〟
　僕たちは、ようやくこの時になって思い出しました。

「やばい！　なんとかしなくちゃ！」
「なんとかするったって、すでにおもいっきり遅刻しちゃってるのは事実だし‥‥‥」

「この人数だもんなぁ」
「まさか銀行襲ってたなんて言えないし」
　言っても普通、信じませんが。

「途中でしゃくのおばあちゃん、助けたってのは？」
「わざとくさすぎるし信頼性ねぇよ」
「そのへんのばあさん襲って実際に一度倒れてもらうってのは？」
　実に孝昭くんらしい発想です。
「お前なぁ‥‥‥‥」

「溺(おぼ)れてる子を助けたとか‥‥‥」
「無理だってば」
「実際にそのへんの子供池に投げて‥‥」
「バカ」

「じゃあ誰をやりゃあいいんだよ」
　発想の根幹が変わってるぞ。

「あのな孝昭。人命救助から頭はなせ。それ以前に殺人未遂つくぞ。お前の晴れやかな経歴に」
「よぉ！　なんか考えろよ」
　孝昭くんが僕にせっつきます。もう学校は目と鼻の先。

「さもねぇと子供かババア池に投げ込むぞ」
「どういう脅しだよ……」

　なんかないか………なんか……。
「あ。そうだ」
「お！　なんかあるのか？」
「ああ、ある！　この人数が一斉に遅刻してとがめられない方法が。ひとつだけ！」
「ほ、ほんとか？」

「ああ。大丈夫だ。そうだ。この手があった」
　僕は自分の名案に拳をうちました。

「な、なんだよ？　そんな上手い手って？」
「よし！　役所に行くぞ！　みんな！」
「や、やくしょ？」

　僕たちは進行方向を学校から役所に変えました。

　さて。現役高校生の皆様。
　皆様は決してこんな状況には陥らないことと思いますが、もし万一こうなった場合、これは現在でも使えます。

　ぼくちゅう、「究極の遅刻口実」。

僕の思いついた「大人数の遅刻を正当化する方法」。

それは、

「献血」です。

　役所前には午後から必ず献血車が停まっていました。
　血液はいつでも不足しているので、高校生など血の気の多いやつは大歓迎してくれます。
　たとえ授業時間であっても。

「あのな。ここで献血するとカードもらえるからさ。それでな‥‥」
　献血カードという物的証拠を思いついたのでした。

　僕はクラス単位でそれぞれの役割を言いました。

　遅れた理由は献血。

　これが混んでいたことにし、さらにクラスにひとりずつが「貧血」を起こして休ませてもらったことにするのです。
　献血車には、実際そうなった人が休む小ベッドがついていました。

昼食を終えるのが12時半として、献血車にたどりつくのが45分。それから50分くらいがかかったとしても、そんなに不思議なことでもありません。

「つまりそれを待っていて遅れたってことだな？」
「そうそう。慈善行為だからな、献血は。これ怒れば教師っていうより人間として考えもんだろ？　絶対とがめる教師はいないって！」
「ふんふん」

「もしなんか言われたら、社会の役に立ちたかったって言え！　わかったな？」
「おお！　献血バンザイ！」

「うーん。お前の頭脳って、ほんっと極悪だよなぁ」
　西条くん。
「だから明晰って言うんだよ。明晰！　め・い・せ・き！」

　こうして僕たちは全員が献血車に並んだのです。

「あら！　感心な高校生さんたちね！」
　献血車の看護師さんが言いました。
「はい〜。僕たち、社会のお役に立ちたくって〜〜」

だから献血車も僕たちの役に立ってくださいね。
「えっと、じゃぁ並んでくれる？　1、2、3、……」
「全部で16名ね？」

「え？」
「17人ですよ？」

「あら、数え間違いかしら。2、4、6……16」
「どう数えても16人だけど？」
「えええええええ???」

「あ、そうだ！　久保は？　久保、いる？」
　そうです。久保くんの姿が見えません。
　そういえば、最初に鎧兜で別室に入れられてたっけ……。ひょっとするとまだ別室に隠れたまま？

　しかし、あの時、駐在さんは「17人全員で」って言っていました。
　そして確かに僕たちは17名という「西条くん」を含めた人数に歓喜したはずです。

　じゃぁ、そのひとりって………誰だ？

第23話　17人いる！（3）

「とりあえず誰か久保、迎えに行かないと」
「うん。あいつ腸弱いからな。今頃部屋で苦しんでるかも。ハウドゥユドゥとか言って」

「ってことはだ。通帳は16のはずだよな？　西条を含めて」
「あ、そうか。銀行行けば確認できるじゃん」

　結局、話し合いの結果、献血の順番の一番遅い僕とジェミーが久保くんを迎えに行くことになりました。
　久保くんが、もし帰路についているとすれば、学校に向かっているはずなので、さっき来た道を逆戻りです。

　で。久保くん。いました。なんと鎧兜着たまま。
　落ち武者のようにひとり町中を歩いています。信じがたい光景です。
　言うまでもなく、町中の人、大注目。

「久保！」
「おお！」

「ひでえよ。俺のこと忘れやがって」
「ああ。ごめん。と、ところでお前。その格好のまま来たわけ？」
「脱いだとして、どうやって持ってくんだ？　俺ひとりで。20kgあるんだぞ？　来るときはみんなで持ってきたからいいけどさ」
　それもそうです。

「おかげで大注目だよ。銀行からずっとここまで」
　それもそうです。

「それなりに気分良かったけど」
　ここがよくわかりません。

「ところで久保。お前、預金、してきた？」
「あ！　忘れた！」

「まぁ、いいや。もう一度銀行、行こう。確かめたいことがあるんだ」
「えええええ？　またこの格好で？」
　いやがる鎧武者、久保くんをつれ、再び銀行へ。

　鎧武者の再びの登場に、銀行全体が身構えています。ま

ぁ、無理もないか。
　窓口はひとつしか開いておらず、ゆき姉の姿はありませんでした。

　僕は、さっき口座をつくってくれた女子行員さんにたずねました。
「さっき、僕たち、いくつ口座つくりましたっけ？」
「え？　さ、さぁ。確か……17口座だと思ったけど……」
「17……？。　それって誰かわかりますか？」
「ごめんね。それは規則で教えられないの」

なぜ17人？
謎はさらに深まりました。

　僕たちが強盗に押し入ったとき、いたのはオバさん２人。学生の姿はありません。しかし、久保くんを含めると、口座は18開設されることになります。

　１人多い……。どういうことだ？

　僕たちは、午後の遅刻を献血によって「感心な高校生」としてのりきり、放課後、それぞれ部活もサボって集合し

第６章　小さな太陽　165

ました。

　ひとつは駐在さんに出頭を命じられていたこともありましたが、なんといっても話題は17人の謎。

「なんで？　17人なんだろ？」
「うーん。わからないなぁ」

　僕たちは、もともとイタズラグループとして集まったわけではなく、元は「心霊研究会」です。つまりこういう話にはものすごくのめりこみます。

「やっぱ背後霊か？」
「背後霊が通帳、なんに使うんだ？」
　それ以前に口座つくれません。
　心霊研究会とかいってもこのレベル。

「岩手県の遠野(とおの)ってとこに座敷童(ざしきわらし)って話が伝わってるけど」
「ああ。曲がり屋の座敷童ね。でも、あれは実話だろ？」

「座敷童か〜」
「座敷童なら通帳いるかな？」
　心霊研究会とかいってもこのレベル。

「うーん。こうなったら駐在に確認に行くしかないなぁ」
「え！　出頭するのか？」
「マジかよ？」

「他にわかりようねーからな……。誰を見たのか、駐在ならわかるだろ？」
　そうです。駐在さんなら僕たちの顔は、全員分わかっています。もし見知らぬ者が混じっていれば、必ず気づくはず。

　こうして僕たちは、謎をとくため、やむなく、ゾロゾロと駐在所へ。

「お！　来やがったな！　銀行強盗ども！」

「こ、こんにちは……。駐在………さん………」

　もう〜、
　くど
　と、延々1時間余りにわたる説教を、僕たちは黙って聞くはめになりました。

第6章　小さな太陽

僕たちに許された発言は、
「ごめんなさい」と「すみません」、そして「わかりました」のみです。

　ひととおりの説教が終わったところを見計らって、僕が駐在さんに尋ねました。

「ところで駐在さん」
「駐在さんだぁ？　お前ら今日は〝様〟づけしろ！」

　くっ……。

「駐在様……」
「ん。くるしゅうない」

　くそ〜〜〜〜〜。

「銀行で、僕たちを17人、っておっしゃいましたよね？」
「ああ。言ったが？」
「僕たち、あのとき、久保くんが欠けてたんで16人だと思うんですけど。誰がいたんですか？」

「あ？」

ここで突如爆笑する駐在さん。
「わはははははははははははははははは」

「？」「？」「？」

「うん。あれな。確かに16人だった」
「え!?」
「だがな。鎧兜のやつがいたことは外からわかってたから。普通、銀行にいないからな。鎧武者」
　う！
　そりゃそうだ。銀行でなくともいませんが。

「それでな。お前ら、心霊とか好きだろう？　17人って言っとけば、お前ら確実に出頭すると思ってな？」

「ぐ！」

「そうでもしないと、お前ら来なかったろう？　ちがうか？」
　確かにこのことがなければ、僕たちは絶対出頭などしませんでした。

「いやぁ。まんまとひっかかってくれたなぁ！　ママチャリ！　お前がひっかかってくれてうれしいぞ！　わはは

は」

　しまった。やられた‥‥‥。

「で、でも銀行の人は口座17つくったって‥‥‥」
　ここで駐在さんは笑いを止めました。
「そこまで調べたのか？　お前ら」
　ついさっきの勢いはなく、突如口ごもりながらしゃべり始める駐在さん。
「あー。うん。それはな‥‥‥」

「ゆきさん、だっけ？　お前らがゆき姉って言ってた。あー。あの人があの後、西条の昔のこと話してくれてな‥‥」
「西条の‥‥‥」

「それでな‥‥。どうしてお前らが突然あそこに集団預金したかわかったんでな‥‥うん」

「それで‥‥あー。お前らとはまったく関係ないんだが、俺も口座ひとつつくったんだ。いや。これは俺の作戦とは関係ない。まったくの偶然だ」

「うん。ただの偶然だ。ちょうど口座欲しかったしな。う

ん」
 駐在さんは自分に言い聞かせるように「偶然」を繰り返しました。

「駐在‥‥‥‥‥‥」

 僕たちは恨むべきか感謝すべきか悩みました。
 特に西条くんは、複雑な表情をうかべていました。

 しかし、
「わはははは！　ママチャリに勝ったぞ！　ここんとこやられっぱなしだったからなぁ！　あー気分いい。わはははは」
 お、大人げねーーーーー！
 高校生に勝ったくらいで。
 恨むことに決定！

「あ！　そうだった！」
 突如我に返ったように駐在さん。
「お前ら、今度の日曜、本署のパトカー、全部ワックスがけな！」

「**えええええええええええ？**」
 また洗車？

第6章　小さな太陽

「そりゃないでしょ!?　駐在さん〜〜〜!!」
「様っ!」

「駐在‥‥‥様。そりゃねーよ!」

　さんざんな洗車に懲りている僕らは、ぶーぶーです。

　が、駐在さん、ポツリと、
「修学旅行‥‥‥」

「やらせていただきます!　駐在様!」
「洗車大好き!　駐在様!」

第24話　小さな太陽（1）

　僕たちは貴重な休日（当時は土曜日も授業がありましたので）を、またしても洗車ですごすことになりました。

「くそ〜〜〜!　駐在様のヤツ〜〜〜!」
　いまだ「様づけ」の抜けない律儀な僕たちです。
「だいたいさー。こんなパンダ模様の車、洗ったってしょうがねぇよなぁ」

「よくここの署長も許可したよな。高校生にパトカー洗わせるなんて、考えらんねぇ」
　文字どおり「ブーブーの洗車」。

「いやいや。孝昭。洗車には洗車の楽しみってのがあるだろ？」
　西条くんと僕はゴキゲンです。

「はぁ？　お前ら、洗車のやりすぎで頭おかしくなったんじゃねぇのか？　」
　と、久保くんも言ったところで、
「いやいや。これを見ろ」
　西条くんの手には「さらにとんでもねーグラビア」を上回る「考えられねーグラビア」の束。

　そうです。僕と西条くんは、この前日、この日のための復讐策を2人で練ってあったのです。
「こいつをな………」
　顔をよせるメンバー。
「よし！　それなら洗車も楽しいかも！」

　僕たちは、洗車する一台一台のパトカーの「車検証」の奥にこの「考えられねーグラビア」を挟み込んだのです。
　車検は2年に1度（パトカーは8ナンバーなので2年に

1度)。その時しか発覚しません。
　その時、誰が恥をかくのか、どういう騒ぎになるのかはまったくわかりません。つまり、誰が当たるかわからないエロ時限爆弾。

　やがてエロ洗車もおおよそ終了し、昼になると、僕たちは、警察の会議室に集められました。

「なんだろ？」
「説教し足りねーんじゃねーの？」

　しかし、
　なんとそこにはお弁当が！

　げ‥‥‥‥！

　しかも、
「いやぁ。君たち〜。ご苦労だったね〜。弁当用意したから。それから今日のバイト代も払うからね」
　なにやら偉そうな人が偉そうに立たれていまして、言いました。ひょっとして署長さん？　かな？

　その横で駐在さんが、
「それもちゃんと預金しろよ。ゆき姉の銀行にな」

そうです。これは駐在さんの気を利かせた演出だったのでした。
　普通ならウルウルで喜びます。が、僕たちは一斉に青ざめました。言うまでもなく「考えられねーグラビア」をパトカー全車にしこんだ後だったからです。

　やべ〜〜〜!!　それならそうと早く言えよ！　駐在っ！
　気まずさ150パーセント！

「ん？　どうした？　お前ら、うれしくないのか？」
「い、いえ。僕たち、ちょ、ちょっと失礼します！」
　僕たちは全員大慌てで会議室を飛び出しました。これも言うまでもなく「考えられねーグラビア」を回収するためです。

　が、時はすでに遅く、パトカー数台がいなくなっていました。
　呆然と立ち尽くす僕たち。

「な、何枚足りない？」
「う、うん‥‥‥たぶん、4、5台分だと思うけど‥‥‥」
「4、5台も‥‥‥」
　当然ながら、僕たちがパトカーにふれる機会は、おそら

くもう二度とありません。つまり回収の機会はまったくない、ということです。
　すると今いない４、５台のパトカーは‥‥‥‥。

「あー。やっちゃったなー‥‥‥」
「うん。まさか金くれるとは思ってなかったからなぁ」
「なんでこう、駐在は早く言わねえのかなぁ‥‥‥。そういう大事なこと」
「どうする？」
「どうするったって‥‥‥そのまま車検で恥かいてもらうしかないよ‥‥‥」
「こんなことなら普通のエログラビアにするんだったな‥‥‥」
　まだ反省点の少しズレている僕たちです。

「相手警察だもんなぁ‥‥‥。まいったなー」
「一応、駐在様に言う？」
「うん‥‥‥。まぁ、それしかないな。駐在様の立場考えると‥‥‥」

　告白タイム。

「ばかやろーーーーーっ!!!」
「すいません‥‥‥」

「まったくお前らは次から次から次へと。どういう育ち方してんだ!?」
「あー。なんかそれなりにスクスクと。健康に」
「ばかーーーーー!!　体の話じゃねーーー!!!」

　これが意外なほどに騒ぎが大きく、現在出動しているパトカーのナンバーを婦警さんが報告に来るわ、内線電話はせわしく鳴るわ、無線連絡はするわの、驚くような大騒動。
　当然、弁当などのどを通りません。

　しかし、署長さんだけはどっしりかまえたものでして、
「はっはっは。君ら、聞きしに勝る悪ガキだなぁー。こりゃ駐在さんもたまらんなぁ」
　うーん。大物。

　対して駐在さん、
「申し訳ございませんでした！」
　平身低頭、謝り続けているのでした‥‥‥。

　すぐに図にのる西条くん。
「まぁ、署長さん。駐在さんも反省してることですし」

「お前が反省しろーーーーー!!」
　駐在さん、爆発。

第6章　小さな太陽　　177

と、そこにひとりの男性が入ってきました。

あ！　あなたは‥‥‥‥。

僕が言うより早く孝昭くん、

「イ○ポ師範！」

第25話　小さな太陽（2）

「あーーーー！　お前らこないだのぉ！」
　さすが師範。「イ○ポ」に敏感に反応します。
「包○高校生ども！」
「な、なにお！　このイ○ポ！」
　ああ‥‥‥低レベルな泥仕合。

「こ、こいつ！　ゆ、許せん！」
　こちらに向かってこようとする師範を、駐在さんと署長さんが２人がかりでとりなします。
「まぁまぁ。師範。落ち着いて」
「署長さん！　はなしてください！　あいつぶっとばし終えたら傷害罪で逮捕してもかまわんですから！」

大人げね〜〜〜。こいつもか？

「それより、師範。めずらしいですな。こちらにいらっしゃるというのも」
　署長さんが話をふります。
「あ、あー。そうでした」
　ようやく我に返る師範。

「実はですな。今日は、署長さんにたってのお願いがございまして‥‥‥」
　ここで孝昭くん。よせばいいのにとどめ。
「ほら。やっぱイ○ポじゃん。**立ててのお願いだって**」

「ぬぁ！　ぬぁにおおおおお！」
　今度はかなり勢いを増して、孝昭くんへと襲いかかろうとする師範を、またしても署長さんと駐在さんが制止します。
「まぁまぁ、子供の言うことにいちいち腹たてても‥‥」
　が、悪口の天才孝昭くん。
「腹は立つんだな〜。腹の下は立たないのに」

「殺すっ!!!」

「まぁまぁまぁまぁ」

第6章　小さな太陽　　179

「後生ですから放してくださいぃ！　2人とも！　あのガキぶっ殺し終えたら、殺人罪現行犯で逮捕してもらってかまわんですっ！」
　顔、真っ赤です。ご師範。

　署長さんと師範は、ここでは会話にならないと悟ってか、別室に移動されました。
　しかし、実は、この師範の立てての‥‥もとい「たってのお願い」が、後々の僕たちに大きく関(かか)わってこようとは、この時思いもよりませんでした。

　ひとり残った駐在さん。
「お前ら。弁当食ったら総務課ってとこに行って金もらって、とっとと帰れ」
「は〜い」

「まぁ。今回の銀行の件は学校には言わないでおいてやるからな。修学旅行、行きたいんだろ？　お前ら」
「はい」

　しかし、西条くんだけ、
「んー。俺は別にそうでもないんだけど」
「え？　そうなのか？　西条。どうしてだ」

孝昭くんが代わりに答えました。
「あー。西条、バス酔い、ひどいんだよ。だから行きたくないんだろ？」
「ああ」
　むっつりと答える西条くんに対し、駐在さん。
「あん？　そうか。西条。お前、バス弱いのかぁ。わははは。柔道はあんなに強いのにな」

　そうです。西条くんはびっくりするほどバスに弱い人でした。
　彼に限らず、バス酔いする子には、意外に体育のできる子が多かったものです。

「ふ〜ん。西条がねぇ〜。バス酔いねぇ〜」

　ん？　駐在さん、なんか思いついた？
　不敵な笑い……。

　駐在さんの言いつけ通り、翌日、僕たちは、パトカー洗車代金を持って再び銀行へ。今度はちゃんと学生服、着てました。

「いらっしゃいませ〜」

さすがに銀行員はビジネスマン。大人数の預金に、この前のことはなかったかのような歓迎ぶりです。

　西条くんとゆき姉が、窓口で話しています。
「ゆき姉。今度、俺ら、修学旅行なんだけどさ！　おみやげなにがいい？」
「え？　気をつかわなくっていいよ。西条。それより、ちょっと話したいことあるんだけど……」
「ん？　なに？　ゆき姉」
「え。う……うん。いい。修学旅行から帰ってきてからで」

　ゆき姉？

　やがて（勝手に）苦労に苦労を重ねて手に入れた修学旅行の朝が来ました。
　修学旅行中のことは、後で番外編ででも書くとして、ここではその出発の朝のことだけふれておきます。

　僕たちは、乗り換え駅までの連絡のため、貸し切りバスに乗っていました。田舎の鉄道では、あまりに連絡が悪いためです。
　そこまでのバスは、時間も距離も短いため、早く来た順に席に座ることになっていました。西条くん、ちゃっかり女子の隣に座っていたりします。

出発の時間まであと30分。

というところで、

なんと！　パトカーが「赤色灯」をつけてやって来ました。

駐在!!??

「ママチャリーーー！　西条ーーー！　いるかーーー！」
車から降りるなり、大声で叫ぶ駐在さん！
もうバスの中は大騒ぎ！

「な、なんかしたのか？　西条！」
「い、いや……ど、どうかな？」

　一応、バスから降りて駐在さんへ面会に。

　もう、どのバスも、窓という窓から生徒たちが顔を出しています。

「ちゅ、駐在さん、なんかしましたっけ？」

おそるおそるたずねる僕。
　思い当たるふしが、ありすぎてわかりません。
「まさかバス洗車しろってんじゃねーだろなぁ？　駐在ぃ」
　西条くんも疑心暗鬼。

　が、意外や意外。
「おお。お前ら。和菓子屋さんがな、これ、お前らに洗車のお礼だとさ。それから女房がつくったのもいっしょだ」
　ズッシリとした重い包みを２つ僕たちに渡しました。

「お、奥さんが？」
「ああ。バスの中ででも食ってくれ」
　そう言いながら、駐在さんはにこやかに帰りました。

「駐在‥‥‥」

　バスにもどってさっそくそのばかでかい包みをあける僕たち。

　そこには、

ヨーカンとぼた餅(もち)ギッッッシリ！

「うぉぷっ！」

「せ、先生～！　西条くんがバスの発車前から吐いてます～～～！」

　僕たちが、これを「駐在さんの逆襲」と気づいたのは、このクソ重いふろしき包みを京都まで持ち運び、西条くんが７度目に吐いた頃のことでした。

・・・・・・・・・・・・・・・・・・・・・・・・・・・・

第26話　小さな太陽（3）

　修学旅行を終え、僕たちは、さっそく駐在所に向かっていました。
　なぜって。重箱を返すためです。

　よりによって駐在さんは、ボタ餅とヨウカンを、これでもか！　というほど大きい重箱に入れてよこしたため、旅行の間中、僕と西条くんは、そのかさばる荷物に悩まされ続けました。

「駐在ぃ！　いるかぁ！」
　怒り爆発の西条くん。

僕はともかくとして、西条くんは、これにプラス「バス酔い」がありましたので、怒り心頭です。

　しかし、パトカーはあるのに、応対に出てきたのは奥さんでした。
「あら？　西条くん、ママチャリくん」
「あ～。奥さん～」
　例によってヘロヘロの西条くん。

「あ。お重箱、返しに来てくれたのね？　どう？　おいしかったかしら？」

「はい～。とってもおいしくいただきました～」
　その90％は吐いてましたが。西条くん。

「主人がね。**西条くんはボタ餅が大好物**だって言うもんだから。早起きしてつくったのよ？」

　やっぱし‥‥‥。

「主人ね、今、幼稚園へ交通指導に行ってるの。なにか伝えることある？」
「はい。**このお礼は必ずします**、と、お伝えください。それからこれ。京都のおみやげです」

僕たちは、その足でゆき姉との待ち合わせ場所にむかいました。
　待ち合わせたのは、町の小さな喫茶店。10人も入れば満員になるような、本当に小さな店でした。

　扉の前であらたまる西条くん。
　扉のガラスを鏡に、最終チェックしながら、
「よー、どっかおかしいとこねぇか？」
「顔」
「いや、マジによー。背後霊とかついてないか？」
　マジにそこまでは見えない。

「いいから。行ってこいよ。みやげ渡すんだろ？」
「あ‥‥。ああ。お前、ほんとにつきあってくんないわけ？」
「今回は遠慮しとくよ。なんか大切な話みたいだったし」
　僕は西条くんの背中を押しました。
　やがて扉の中にすいこまれていく西条くん。

　そして翌日のことです。

　西条くんがみんなのたむろしている所に、１枚の紙を手に持って現れました。

実にうれしそうです。
「おお。みんな！　これ見てくれ！　これ！」
　それはハガキのようなものでした。

「西条‥‥‥これって‥‥‥‥」

「うん！　そうだ！　ゆき姉、結婚するんだって！」
「するんだってって、お前、ずいぶんうれしそうだけど‥‥‥」

「ったりまえだろ!?　ゆき姉には幸せになってもらいたかったからな」
「そう？　だったのか？」

「うん。ゆき姉、こっちの支店に来たのはさ、結婚することが決まったからなんだってさ」
「とすると相手は‥‥‥」
「同じ銀行の人らしい」

　今もある程度の銀行ではそうなっているはずですが、銀行は夫婦を同じ支店内には置きません。このため、婚約をした時点、もしくは恋愛時点で、どちらか（たいていは女性側）が支店を異動させられます。
　ゆき姉は、このパターンだったのです。

「それにほら。これ招待状だぜ！　高級料理食い放題だ！」

「おお～～～～～!!」
　みんなは感嘆しました。いえ、感嘆したフリをしました。
　西条くんが、今でもゆき姉を好きなことは、誰の目にもあきらかだったからです。なにしろ、僕たち全員に無理矢理バイトさせてでも、預金で協力しようとしたほどですから。

「それで？　結婚式っていつなんだ？」
　平静を装って続きを聞きます。

「再来週の土曜日。昼からだ」
「そっか。早引けするのか？」
「場所がさ、Y市だからな。3時間目終わったら早退だな。もー、早退ってだけで楽しみだ！」

　西条くんは意外なほどに明るく、僕たちの心配は、とんだ取り越し苦労とも思えました。

　しかし、
「え？　西条がいないって？」

話は結婚式当日のことです。

　西条くんは、僕たちにとりたてて断るでもなく、3時間目で早退し、ゆき姉の結婚式へと向かいました。
　午前で授業を終えた僕たちは、僕の教室に集まり、西条くんのことを話していました。

「あー。西条、今ごろうまいもん食ってやがんだろうなー」
「どうだろ？　あいつ泣き上戸だからな。案外、オヤジより泣いてるかも」
「オヤジって、あのイ○ポ師範だろ？　あんなやつでも、娘が嫁ぐ日ってのは泣くもんかなぁ」

　ところが、この会話にクラスの女子が口をはさみました。
「西条くん？　西条くんなら、さっき河原のほうに歩いてってたけど……ねぇ」
「うん。さっきパン買いに行く時見かけたよ？」

「なんだって⁉　それって何時頃？」

「ついさっきよ。ねぇ？」
「うん」

ついさっき‥‥‥。

　もうとっくに結婚式は始まっています。

「やっぱり‥‥‥‥」
　みんなが顔を見合わせました。

「うん。西条、行ってないぞ。結婚式」
「何時までって書いてあった？　披露宴」
「確か、午後２時半までだった。それからお披露目があるだろうから‥‥」
　この地方では、披露宴が終わると、新郎新婦が通りを練り歩いて、お披露目する風習がありました。昔は、全国各地にあったらしいのですが、都会ではすでになくなっていた儀式です。

「おい！　西条を送り届けるんだ！　あいつ、堤防にいる！　間違いない！」

「そっとしといたほうがいいんじゃねぇか？」
　と、孝昭くん。

「馬鹿！　一生に一度しかないんだ。これ行かなかったら西条もゆき姉も、ずっと後悔することになるぞ！」

「送り届けるったって、ちょうどいい電車あるか？」

　同じ電車通学のジェミー、
「あと15分くらいで出ちゃいますよ。電車」
「孝昭！　家帰ってバイクで来てくれ！　タンデムのメット忘れるな！」
「いいけど、往復で45分はかかるぞ？　間に合うか？」

　僕は腕時計を見ました。
　すでに12時半をまわっています。Ｙ市まで45分。

「とにかく急げ！」
「おお！」

「井上、お前駐在さんとこ行って来い！」
「ちゅ、駐在さん？　なにするんだ？」
「パトカー借りるんだよ。普通のバスじゃもう間に合わない」
「そ、そんな私用にパトカー出してくれるか？」
「お前なら美奈子さんの件で駐在さんに貸しあるからな。孝昭がもどってくるより早いかもしれない」

「わかった！」

「たのむぞ。お前の説得力にかかってるんだ。最悪、村山に盗ませろ！」
「いや‥‥そんな無茶な‥‥‥‥」

「それからみんなは電車使って一足先に式場に行って。それで披露宴、なるべく引き延ばしてくれ」
「引き延ばすったって‥‥‥どうやって？」
「電源のブレーカー落とすでもなんでもいい！　3回も停電すれば電気屋が来る。30分はかせげるから。森田ならわかるだろ？」
　当時のブレーカーボックスは、現在のように鍵がついていません。やろうと思えば、誰でも電源を操作することができました。

「わかった。やってみる！」
「急げ‼」

　式場をみんなにまかせ、僕は、ひとり自転車で堤防へと向かいました。
　西条くんは川が好きで、なにか考え事をするときには、必ずそこにいたからです。

　そして僕の予想通り。

西条くんは、堤防の土手に、ひとり座りこんでいました。

「西条!!」

「なんで、わかった？」
　西条くんは驚くほど平然と答えました。

第27話　小さな太陽（4）

「西条。お前、式は？」
「うん……。それなんだけどさ」

　僕は西条くんのとなりに腰を下ろしました。
　コンクリートの冷たさと、顔にあたる風が、ちょうど同じ温度で、秋の深まりを伝えます。

「なんかさ。俺、認めたくないんだよな。きっと……」
「ゆき姉が結婚することをか？」
「いや……。そんなんじゃないんだけど。ゆき姉、ずいぶんと年上だしな……」

　僕が答えにつまっているうちに、西条くんが続けました。

「小学校の時はさ。もっとずっと上に見えたもんだった。今なんかよりずっと。ほんと大人に見えたなぁ。6年生」
「ああ、うん。そうだね」

「お前さぁ。小学校んときから、そこそこ人気あっただろうからわかんないだろうけど‥‥」
「そんなこともないけど‥‥」

「いや。俺みたいに疎外されてるヤツとか、いじめられてるヤツとかはな。朝、家の玄関出るだろ？」
「うん」

「空がどんなに晴れてたってさ。晴れてるって思うことってないんだ」

「え‥‥‥‥」

「いっつも曇り空に見えるんだよなぁ。学校行きたくないし‥‥‥」

「だからさ。ゆき姉がいなくなってから高校入るまでさ、一度も、青空なんか見たことないんだ。俺‥‥‥」

「どんなに晴れてても‥‥‥な‥‥‥」

第6章　小さな太陽

確かに僕は、そういった子たちを何人か知っていましたが、そういう観点でものを見たことがありませんでした。

　青空は、
　誰にとっても青空と思ってきたのです。
　それが「当たり前」だから。

「でもな。それでも歯くいしばっても生きてたのはさぁ。……太陽があったからなんだよな」

「……太陽？」

　西条くんは胸のさくら貝のペンダントを取り出しました。

「うん。ちっちゃい太陽だけど。いっつもさ。ゆき姉を想像してな。励ましてもらうんだ」

「おかしいだろ？　俺はおっきくなるのにさ。想像のゆき姉は、最後に会ったドリフの後のゆき姉のままなんだぜ？」
　僕はただ黙って聞いていました。

「それをさぁ。勝手に想像してな。〝西条がんばれ〟、〝西

条負けるな、ってな‥‥。勝手な台詞言わせて‥‥はは」

「‥‥‥」

「馬鹿だろ？　‥‥‥でも、人間さ、太陽なきゃ、生きていけないから‥‥‥な」

「うん‥‥‥‥わかるよ。なんとなくな」

「だからさ。突然、大人になったゆき姉見て、びっくりしたんだよ。俺」

「それはさぁ。恋‥‥‥とか、そういうのとは違うんだよなぁ‥‥‥。まぁ、無理に言うなら、希望、みたいなもんかな‥‥‥」

「希望‥‥‥」

「うん。だから俺、今回ひとりはりきっちゃって‥‥‥お前らまでまきこんじゃってな。はは、こっけいだよな」

「そんなことはないよ‥‥‥」

　僕は‥‥‥。そう言ってやるのがせいいっぱいでした。

なにか言っても、空っぽな気がして。

「ゆき姉が結婚するって知ってさ。祝ってやんなきゃ、って、幸せにって言わなきゃって。ずっと思ってたんだけどな‥‥」
　そこまで言って西条くんは、膝に顔をうずめました。

「やっぱりダメだ。俺‥‥‥‥‥」
「西条‥‥‥‥」

　そこに堤防の砂利道を、猛烈な勢いで走ってくるバイクが1台。

　孝昭か？
　いや。早すぎる。

　じゃぁ、誰？

　そのバイクは、すさまじい速度のまま僕たちの前まで来ると、タイヤをスリップさせて急停車しました。
　はじけ飛ぶ小石と、舞い立つ土煙。

　その中から、
「西条くん！　乗りなさい！」

メットのカウルを上げたのは、
「お、奥さん…………な、なんで？」
　僕以上に驚く西条くん。

　奥さんは、僕に向かって言いました。
「ごめんね。井上くん、来たんだけど、主人、師範の娘さんの結婚式出てて今いないの。それでかわりに私が来たのよ」

　師範の娘……他ならぬゆき姉です。
　僕はこの時になって、師範が警察署長さんにした「たってのお願い」の内容がわかりました。
　おそらく、披露宴の挨拶を依頼したのでしょう。

　ヤマハの650にまたがったライディングスーツの奥さんは、もう言葉も出ないほどに素敵でした。

　しかし、西条くん、
「あ……いや……奥さん。いいです。俺」

　この時、奥さんが、僕たちの前では、初めて声を荒らげました。

「なに言ってんの！　男ならもっと強くなりなさい！　けじめつけるんでしょ!?　西条！」

「けじめ‥‥‥？」

「そう！　大好きな人の門出も祝えないようなら、男やめなさい！」

「あ‥‥‥‥」

　西条くんの中でなにかが動き始めたようでした。

「あ‥‥‥俺‥‥‥‥」

　西条くん。手のひらのさくら貝を見つめ直すと、ひとりうなずいてから、
「あの‥‥‥。お願いします」

「そうこなくっちゃ！」

　やがて奥さんの650の後ろに乗せられ、西条くんは結婚式場へと向かったのです。

　それから10分ほどたって、孝昭くんが到着。

「孝昭! 急げ!」
「おお!!」

 僕を乗せた孝昭くんが、西条くんを追いかけます。

 間に合ってくれ!

第28話 さくら貝

 僕と孝昭くんが式場についた時、すでに披露宴は終わり、ちょうどお披露目が始まったところでした。
 西条くんは、無事、会場についたのでしょうか?

 やがて到着した僕と孝昭くんを見つけ、メンバーたちが集まってきました。

「よー!」
「おお。ご苦労だったな。引き延ばし、できたか?」
「ああ。式場中、大騒ぎだった。まぁ、この晴れ空に停電だもんな。びっくりするわ。あははは」
「けど、披露宴、終わっちゃったよ」

「まぁいいさ。それで？ 西条は？」
「え？ 西条、見てないぞ。どうやって来てるんだ？ 式場に」

　僕と孝昭くんは、顔を見合わせました。
「駐在の奥さんに、バイクで送られて来てるはずなんだけど……」
「えええええ。西条、あの奥さんのケツに乗ったわけ？」
　いや……ケツって……。すっげー誤解生むぞ。それって。まぁ、そう言うけどさ。

「西条、なんでいないんだ？」
　見回しても、アーチをつくっている列席者の中に西条くんを見つけることができません。

　しかし。駐在さんは見つかりました。
「聞いてみよう」
「ああ」
　初めて見る正装の駐在さん。
「駐在さーん！」
「駐在ぃーー！」
　階段を上り、駆け寄る僕たち。

「え？　お前ら、なんでここに？」

「それより駐在さん！」
「ん？」

「タキシード似あわねーな」
　こらこら孝昭、喧嘩売ってどーする!?
「ほっとけ!!」
　このわずかな間で険悪。

「えっと、そうじゃなくって。西条、見ませんでした？」
「ああ？　そう言えば。ずっと空席だったな、西条んとこ。どうして来れなかったんだ？　学校あったのか？」

「いや……。それが今、奥さんに送られて来たはずなんですが……」
「奥さんって、俺のか？」
「そうそう、西条、奥さんのケツに乗って……」
「バカ！　孝昭っ！」

「ぬぁに～～～～～!?」
「いや、あの。後ろからぁ～～」
「ぬぁに～～～～～!?」
「騎馬位……」

「ぬぁに～～～～～!?」
　余計なこと言うなっ！
　ますます険悪。

　そこにジェミーが駆け寄ってきました。
「先輩！　西条先輩来ました！　今、到着したみたいです！」
「そうか！」

　よかった‥‥‥。

　僕たちは裏道を来たため、西条くんたちを追い越していたのです。

「西条！」
　「西条！」
　　　「西条！」
　みんなが西条くんに駆け寄りました。

「奥さん、ありがとうございました！」
　西条くんがお礼をしたのに合わせて、みんなも頭を下げました。
「ううん。ほら。西条くん、行きなさい」

花嫁は、すでにバージンロードから、来賓者のアーチをくぐり、今まさに、歩道へと出てくるところでした。

　しかし、西条くん。
　立ち尽くしたまま、動こうとしません。
「西条！」
「西条！　なにやってんだ！」
「西条！」

　やがて花嫁は、新郎に手を引かれて、歩道を歩きはじめました。

「西条！」
　それでも動き出さない西条くん。

　ところが。
　この時、孝昭くんが気付きました。
「さ、西条……見ろよ……ゆき姉の…胸………」

「胸？」

　そこには、ウェディングドレスには、おおよそ不似合いな、でも、小さくてかわいいペンダントが光っていました。

第６章　小さな太陽

「あれって……」

　さくら貝だ……。

「ゆき……姉………」

　そうです。
　西条くんの胸にあった「小さな太陽」。
　２つあったというそのひとつが、花嫁ゆき姉の胸に。

「ゆき姉……‼」
　駆けだそうとする西条くんを、今度は僕が制止しました。

「西条。これ、持ってけ」
　僕は、そばにあった花壇から、サルビアを数本抜くと、花束にして西条くんに渡しました。
「花盗人は罪になんねーってな！　だろ？」
　花火屋の親方の受け売りです。

「お、おお！　サンキュー」

　サルビアの花束を手に、ゆき姉のもとに駆け寄る西条くん！

「ゆき姉！」
「西条！」

「来てくれたんだね……西条」

　花嫁の目に光る涙。やっぱり奇麗です。

　僕たちは、新郎新婦に先回りし、駐在さんや奥さんもつれて20人でアーチをつくりました。

　西条くんは、花嫁に花束を渡しました。
「ゆき姉……。俺……。あの……」
「いいよ。西条。なにも言わなくても。わかってる」
「ううん。ゆき姉、ありがと……その……幸せにな……」
　サルビアの花束を受け取り、再び歩きだすゆき姉。

　しかし、僕たちがつくったアーチの手前で、新郎新婦が立ち止まりました。

　そして、新郎が西条くんに向かって実に意外なことを言ったのです。
「君が……西条君だったのか。ゆきから話はずっと聞いてた」

「はい‥‥‥」

「ここのアーチ。君がくぐりたまえ」
「は?」

「だから、君の仲間のアーチは、君がくぐるといい」
「え‥‥‥‥‥‥‥」
「そこだけな。他はだめだぞ」

　ゆき姉は、その言葉を聞いて、新郎と組んでいた腕をはなし、西条くんの手をとりました。
「行こ！　西条！」
「あ‥‥‥うん!!」

　西条くんは、わずか10個のアーチを、ゆき姉と腕を組んで歩きました。
　新郎は、それを拍手で見守っていました。列席者はひたすら驚くばかりです。

　わずか10個のアーチ。
　でも、西条くんもゆき姉も、ほんとうに幸せに見えました。
　2人とも涙でぼろぼろでしたが。

それはきっと、昔、西条くんとゆき姉が２人で下校した時そのもの。
　そしてそれはきっと、西条くんの卒業式でもあったのです。ドリフの夜から、ずっととってあった‥‥‥。

　やがて僕たちの見守る中、新郎新婦を乗せた車が走り去りました。

　西条くんは、鼻水を手でぬぐうと、
「さぁ！　また駐在に復讐考えなくっちゃな！」
「おいおい。まだ奥さん、いるんだぞ？」
「あ！　しまった」

「別にいいわ。お手柔らかにね。西条くん、素敵だったよ」

　孝昭くんが言いました。
「お、奥さん。俺も婆さんの葬式遅れそうなんですけど、乗っけてってくれません？」

「ダメに決まってんだろ？」
「げ！　駐在！　いつの間に！」
　さっきからずっといたけど。

第６章　小さな太陽

駐在さん、
「今日はこのあたりで何度も停電があってなー。とんだ騒ぎだったんだが。どうしたことだと思う？　ママチャリ」
「さぁ‥‥‥。キャンドルサービスの時間、間違えたんじゃないですか？」

　もらい泣きした涙の跡を、秋風がつたっていきます。
　西条くんは、胸のペンダントをそっとはずし、ポケットにしまいました。

「青空‥‥‥だな。見えるか？　西条」

「ああ。きれいだよな。青空って‥‥‥‥‥‥」

番外編
星のメドレー

第1話　ナンパの達人（1）

　その日僕たちは山の中。心霊研究の一環で、夏のキャンプ場にやって来たのですが。

　並んでペンシルチョコを舐めている僕たち。

「う～～～。早く食料隊来ないかなぁ～～～～」
「腹減った～～～～」
　あわれな光景です。

「だからジェミー、食料班にするのダメだって言ったのに」
「だってあいつ、こづかいいっぱい持ってるからプラスアルファが期待できるんだよ」
「あいつ、こづかい多いもんな～」
「うん。いったいいくらもらってんだろ？」
「さぁ～～～、あいつひとりっ子だからな」
「過保護だよな～～～」
　チャーリー。それにタカってるくせに、教育論など語っています。

しかし、昼も過ぎてすでに午後２時。
　みんながいらだつのも無理もないところでした。
　僕たちの手元にあるのは、おやつに買ってきたペンシルチョコ20本だけ。
　さっきからずっとそれだけ、それもなるべく持たせるために、少しずつ舐め続けている僕たち。まるで遭難状態です。

　２本目になって、ただ舐めているのにあきたのか、千葉くん。
「見ろ！」
「おおおおおおおお！」
「すげ！」

　感心してますが、千葉くんがペンシルチョコを舐めて作ったのは、

「俺のペンシルっ！」

　これです‥‥‥。

「うわぁ。リアルだなぁ」
　評論されてます。千葉ペンシル。
「先っぽがもっとこう、スモモみたいじゃないとダメなん

じゃないか?」
　詳細に。

「こうか?」
　またペンシルチョコ芸術に走るアーティスト千葉。

「だはははは!　すげーーーー、千葉!　リアルだーーーーー」
「だろだろ?」
「うん。プロになれるぞ。千葉ぁ」
　なんのプロ?

　しかし、千葉くん、自分の作品をまじまじ見ながら気づきました。
「でも、この大きさはチャーリーだな。俺じゃないや」
「なっ!　なんだとっ!」
　そりゃ怒ります。いくらなんでもペンシルチョコ。
　直径1センチ5ミリ。
　しかも、
「あ‥‥‥‥。なんか想像したらあと口に入れたくなってきた‥‥‥」
　バカだ‥‥‥‥。

「ということで、チャーリー。お前にやるよ」

「いらねーよっ！　バカヤローーー！」
　さっそくもめてますが。

　そこにようやっと、
「お待たせしました〜〜〜〜〜〜」
　食料班ジェミー到着。

「遅いぞ！　バカヤロー！　なにやってたんだ!?」
「てめぇーーー！　ただですむと思うなよ！」
　武闘派、孝昭くんたちは、なにしろお腹すいてますから揃って激怒！

「いやぁ。スーパーで女子のみなさんと会って〜〜〜」
「え？」
「うちの学校の？」
「はい〜〜〜〜」
「ほ、ほんとか？」
「それで？」
「なんか今夜、天体観測会あるんですって」
「あ〜〜〜、そういえば‥‥‥」
　化学を担当されている先生が、有志を募って、毎年開かれている行事です。
　天体観測と言っても、夜の７時頃に始まって１時間ほどで終わる一種のレクリエーションのようなものでした。む

ろん男子も参加できるのですが、もともと女子が圧倒的に多い学校。参加者は毎年女子ばかりで、それも年を追うごとに、参加者が減っていました。

　男子は、というと、心霊研究などしているわけです。
　つくづくレベルが低い‥‥‥。

「それでそれで？」
　ジェミー、
「連れてきちゃいました！」
　得意満面！
「うそっ!?」
「でかした！　ジェミー！」

　言った通り、下のほうから女性のはしゃぐ声が聞こえてきました。

「久保先輩〜、なんかただですまないとか‥‥‥‥？」
「いや‥‥‥ああ〜〜。なんかあげないとただですまないかなぁ、って」
　手のひら返してごきげんです。
「で、なにをくれるんですかぁ〜？」
　ジェミー。図に乗ると、ずうずうしいことこの上ありません。

「千葉ペンシル」
「なんです？　それ？」

第2話　ナンパの達人（2）

　それにしても。
　次第に近づく女子の団体は、その声からずいぶんな人数であることがわかります。
「すごいなぁ。ジェミー、どうやって女子つれてきたんだ？」
「え？　簡単ですよ」
「教えろよ。なぁ！」

　その話術を伝授してもらおうと西条くんたち。
　なにしろ天体観測会。参加者が減ったとは言え、女子10名以上。これを交渉で連れてくるというのは、ほんと、たいしたものです。

「ん〜〜〜〜、どっしよっかなぁ〜〜〜〜」
「もったいぶんなよ！　こら！」
「俺ら先輩だぞ！　こら！」

「教えろ！　こら！」
　なかば脅しに、ジェミー、
「あ〜〜〜！　人にもの教えてもらうのにそういう言い方って〜〜〜！」

　とたんに、
「あ。わりぃ」
「教えてください。ジェミーさん」
「なにとぞお願いします。ジェミーさん」
　みんな「先輩のプライド」は捨てました。極めて単純。

「なにとぞ！　ジェミー様！」
「この通りです！　ジェミー様！」
　敬称が「様」になったとろで、
「わかりましたっ！　そこまで言うなら！」
「おおおお‥‥‥‥！」
「そうこなくっちゃ！　ジェミー様！」
「ありがとうございます！　ジェミー様！」

　みんながジェミーを囲んで、
　さっそく始まりました。「モテモテ・ジェミー様の集団ナンパ講習会」。
「えっと〜〜〜。スーパー行って別れたあとに〜〜〜」
「うんうん」

興味津々。
「麓で道に迷ってたんですよ」
「麓で?」
「ええ。そしたら、女子のみなさんの声が聞こえてきたんですね?」
「声が」
「はい～～。で、そっちに行ってみたら、そこに女子のみなさんがいて～～～」
「うん」

「で、また声かけたんですよ」
「うんうん」
「そしたらですねぇ‥‥‥女子のみなさんが言うにはですねぇ‥‥‥」
「うんうんうん」

「キャンプ場はこっちよ、って」

「‥‥‥‥」「‥‥‥‥」「‥‥‥‥」

「いや～～～。天体観測会場が、偶然にも僕らのキャンプ場と一緒で助かりました!」
「てめーが連れて来られたんじゃねーかっ!」
　というか「ただの迷子」。

「あ。そういう言い方って〜〜〜〜〜」

「アリですね」
「ばかやろっ！」

　なのに、
「でも最後は追い越したんですよ？」

「自慢になるかっ！」
「抜く意味あんのかよっ！」
「道案内してもらったくせによっ！」

「ラストスパートです！」
　なにを平然と偉そうに‥‥‥。

　つまりは、「ジェミー様」が道に迷ってる時間を待たされていただけの僕たち。

　ついさっきへつらっていた久保くん。
　ジェミーをおさえつけると、
「千葉ペンシルの刑、決定〜〜〜〜〜」
「わぁ〜〜〜なにするんですかぁ〜〜〜！　千葉ペンってなんなんですかぁあ！」
「これだ！」

千葉くん、無理矢理、ジェミーの口に千葉ペンシル挿入！

「おわーーーー！　や、やめてください～～～～～！」

　刑執行。

「う……う………」

　哀れジェミー。
　口のまわりはチョコだらけ。

「……うう……女装もしてないのに……」

　おいおい……。

第3話　秘所地の出来事（1）

　やがて「待望の」女子。到着。
　先頭は、担当の安西(あんざい)先生。彼女たちは、僕たちとは対角線上の、かなり遠いところに荷物をおろしました。

さっそく作戦会議です。
　なにって、女子取り込み作戦です。ジェミーは当てになりませんから。

　そこで僕たちは、トールボーイ・イケメンの村山くん、誠実で星に詳しいグレート井上くん、甘いマスクの千葉くん。初登場、スポーツマンの健吾くんを揃えて交渉に向かいました。
　まぁ、考えうる最強の布陣です。

「こんにちは。先生」
　ここはクールに。

　すると先生。
「あ、やっぱり君たちだったのね？」
「ええ。ジェミーを連れてきてもらってありがとうございます」
「え？　ああ、丹下くん？　なんか、あなたたちが上で遭難してるから、救助に向かうとかって……」

　な、なんだとぉおおおおお？

　安西先生。
「みんなでね。**キャンプ場で遭難するなんてどんだけ**

バカかしら、って。ほほほ」
　くっそーーーーーー！
　ジェミーのやつぅぅぅぅぅぅ！

「もどれなくなったんですって？　いいわよ。帰りは私たちが道案内するから」
「いや‥‥‥‥」
「それにしても、井上くんやあなたまでいながら、道に迷うなんてねぇ。ほぼ1本道なのに」
　誰がだっ‥‥‥！

　予定はおおいに狂いました。ジェミーのおかげで、まさかの「バカ扱い」。
「ちょ、ちょっと失礼しますっ！」

　主席のグレート井上くんまでいて、よもや「バカ扱い」されようとは思ってもみませんでした。
　ここは一旦(いったん)撤退するしかありません。

「健吾！　さっさと来い！」
「お‥‥‥おお！」

　一方僕たちの基地では。
「ジェミーーーーー！」

「あ？　ジェミーなら寝てるぞ？」
「寝てるだぁあああああ？」
「ああ。ラストスパートで疲れたとかって」
「くっそーーーー！」

　ジェミーが寝ているのは、実はめずらしいことではありません。
　僕たちの「心霊観測」は、もっぱら深夜ですので、昼寝はかかせないのです。普段なら「人の昼寝は起こさない」がセオリーでした。

　西条くん、
「それよりどうだった？　女子捕らえてきたか？」
　捕らえてきたって言い方も問題ですが……。
　山賊じゃないんだから。

「それがよー。ジェミーがよー」
　説明する健吾くん。

「んな！　なんだと！」
「たたき起こしてやる！」

　が、ここで僕。
「待て待て。人の昼寝は起こさない、がルールだろ？」

「けどよーーー」
「それよりもだなぁ……」
　地面にはいつくばる僕たち。

「けど、なんだってこんなに昼間っから天体観測来るんだ？」
「だから言ったろ？　基本レクリエーションなんだって」
　僕たちは地面にはいつくばったまま、再び女子をどうやって確保するか話し合い始めました。

　するとグレート井上くんが、
「いや。あの行事、昔はキャンプだったらしいよ」
「あ、泊まりがけだったのか？」
「そう。でも、女子しか参加しなくなってから、危ないからって日帰りになったんだよ」
「っていうか、あれって女子だけの行事だと思ってた」
　と、チャーリー。
　僕もそうです。なんで天体観測会が女子だけで行われるか、腑に落ちなかったのですが、それでもそういうものと思っていました。
　今年は、案内さえまわらず、ほぼ口コミのような状態になっていたのです。

「化学部には案内とかまかれないのか？　森田。安西先生、

担当だろ？」
「あ。教えられるよ？」
「じゃぁなんで俺らに言わねーんだよ！」
　西条くん。小憤慨。
「だって、君らは星なんかより幽霊見るほうがいいんだろ？」
「いや……星はともかく、幽霊よりは生きた女だぞ」
　西条くん、説得力あります。
「幽霊、足ないから太ももないもんな」
　と、孝昭くん。
「あ！　そうだよな！　太ももないわ」
「太もも〜〜〜」
　女子を見たいのか、太ももを見たいのか、目的がぼやけてきました。
　あ。同じことか？

「だいたい、ここに出る幽霊って、ババァだろ？」
「だよなー。太もももあっても意味ないな」
　老婆の太ももに意味があるかどうかはともかく、僕たちがここにキャンプをはった目的は「おばあさん」。
　このキャンプ場のちょっと奥には、川が流れているのですが、そこから「米を研ぐ音がする」と、毎年言われ続けていたのです。
　いつしかそれは、誰が言うでもなく「米研ぎばあさん」

として伝えられていました。

「でも、誰も見たやついないんだから、婆さんとは限らないぞ」
「そうだな。でもお姉さんでも足はないだろうからな」
「太ももはないな」
　あくまで太もも。太ももって言い出したら太もも。

　そうこうしているうちに、千葉くんが、目的のものを探し出しました。
「おーーーーでけーーーー！」
「黒光りしてるな！」

　それは。

　蟻(あり)。

　それも大きな大きな黒大蟻。その「巣」を探していたのです。

「健吾！　砂糖だ！」
「おお！」

　そこから砂糖の導火線をひき、ジェミーの口元へ。

ジェミーの口のまわりは「チョコだらけ」ですから、山の「甘いものに飢えている」アリさんたちには大ごちそうです。

　題して「恐怖の蟻道作戦」開始！

・・・・・・・・・・・・・・・・・・・・・・・・・・・・・
第4話　秘所地の出来事（2）

　それにしてもジェミー。
　この状況下で気持ち良さそうに寝ています。

　そこに集まり始める黒大蟻。
　ご存知ないでしょうが、蟻、速いです。めちゃくちゃ速い。

「うわぁ。なんかジェミー、カールおじさんみたいになってきた」
「うんうん。カールおじさんだ。ヒゲがうごめいてるけど」
「ジェミーすっかり大人だなぁ」
「わはははははは」

番外編　星のメドレー　　229

すると千葉くん。
「よし！　もっと大人にしてやるか！」
　と、ズボンのほうに向けて導火線をひきはじめました。

「こらこら！　千葉！　なにするつもりだ？」
「え？　秘所地の出来事」
「いやいや。それはさすがにやめとけ！」
「そうか？」
「うん。ジェミー、もうじゅうぶん黒々生えてるから」
「そっかー。秘所地もカールおじさん、面白いと思ったのになぁ」
「バカ。ジェミーが騒ぎ出したら、へたすりゃキャンプ場にいられなくなるぞ」
　これくらい言わないと、ほんとに実行してしまう千葉くんです。

「そいじゃズボンの上からでも‥‥‥‥」
　ほらね。

　が、蟻が集まってきたら集まってきたで、けっこう面白い図となりまして、
「おおお〜〜〜〜〜。秘所地の出来事‥‥‥‥」
　みんな大満足。

ひとしきり、ジェミーのカールおじさんで笑った僕たちでしたが、
「それよりよー。女子だよ。女子」
　あんまりジェミーの面白さに気をとられ、すっかり忘れてました。

「あ、そういえば！」
　森田くん、なにか思い出したようです。
「今年の天体観測会は一泊だった！」
「うそ？」
「女子だけでか？」
「違う違う。なんかＮ市の天文愛好会と合同だとかで‥‥‥」
「え〜〜〜〜〜〜〜」
「我が校に男子いっぱいいるのに？」
「それも飢えたやつがいっぱい」
　だからダメなのかもしれません。

「天文愛好会なんて、Ｎ市にあるんだ？」
　ここでグレート井上くん、
「たぶん『アルタイル』、かな？　なんかそんな名前のグループだったな。きっとその人たちだよ」
「知ってんのか？　井上。その、アルマジロ？」

「アルタイル、な。牽牛星のことだよ」
　天体観測グループの名前が「アルマジロ」なら、大笑いです。

「なんだ。牛じゃん」
　どうしても哺乳類。

「姫沼でさ。何度か一緒になったことあるんだ」
「あ〜〜〜〜。美奈子さんとの？」
「そ……そう」
　顔を赤らめるグレート井上くん。

「それって大人だろ？」
「そうだね。ほとんど大人。でも独身の人、多かったよ。美奈子さんに集まってたから」
「おお……黒大蟻」
「ははは。そうそう」
「秘所地の出来事」
「違う」
　千葉くん。浸透をねらってます。間違いない。

「けど、なんだって俺たちというものがありながら」

　再びグレート井上くん、

「高校生だけだと、もっと先生つかなきゃいけないだろ？」
「あ。なんかそういう規則もあるよな。集会届け？」
「アルタイルは大人だし。卒業生も多いから頼みやすいんだと思うよ？」
「なるほどなぁ‥‥‥‥」
　森田くん、
「どっちかっていうと、今年はそっちのにうちの学校の有志が参加した感じかなー」

　確かに。
　午後8時まででは、星を観ることができる時間は30分たらず。とても天体観測と言えるものではありません。安西先生にすれば、生徒たちに星を観せる最善の策だったのでしょう。

「しかしよー、なんだって今頃になってそういうかんじんなこと思い出すんだ？　森田ぁ」
　孝昭くんの質問に、森田くん。
「いや‥‥‥。なんか‥‥‥。土星の輪、思い出して」
　ジェミーの顔を指さしました。

　ほんとだ。すっかり土星。

「下に夏の小三角形もあるな」
「わはははははは」
　夏の小三角形は真っ黒。

第5話　♪ドナドナなど（1）

　そこにとうとうやってまいりました。
　大人の集団『アルタイル』。

　大人だけあって、何台もの車に分乗。高校生の僕たちとは設備も違うようです。
　それを我が校の女子たちがお出迎えしているのが見えました。

　その談笑が聞こえてきて、なぜかおだやかじゃない僕たち。
「う～～～ん。なんか腹立つなぁ～～～～」
「だよな。俺らの女子なのに」
　〝うちの女子〟だからといって〝俺らの女子〟とはちょっと違うと思います。

　が、普段、どちらかと言えば女子をうとましがっている

村山くんなどは、
「いいじゃないか。僕らは僕らで楽しめば」
「うーむ‥‥‥‥」
　他のみんなにとって、同意はむずかしいようです。

　実は僕も少し心中おだやかではありませんでした。
　そこに和美ちゃんの姿もあったからです。
　和美ちゃんとは、つきあっているわけではありませんでしたが、なぜか不愉快な気分を抑えることができません。なぜ？

　アルタイルには、大人ばかりでもなく、我々と同年代の男子もいるようでした。
　総合すると15～6人といったところ。天文観測会の女子が、先生を含めて15名くらいでしたので、ちょうどぴったりの人数。

「そうだ！」
　と、西条くん。
「俺らのほうが楽しそうに見えれば女子がこっち来るんじゃないか？」

　そうかなぁ‥‥‥‥‥‥‥。

が、

「よし！　じゃ、『おおブレネリ』やろう！」
　なぜに『おおブレネリ』???

　でも西条くんが言い出しっぺですので、野郎ばっかで始まりました。『おおブレネリ』。
「♪お！　ブレ〜ネリ〜、あな〜たの〜おうっちはどっこ〜〜〜」
　手拍子などしながらにぎやかです。野郎ばっかですが。

「♪わった〜しのおっう〜ちは〜〜〜　◎◎県西◯◯郡▲▲▲▲町大字□□1642よ〜〜〜」

「やい。千葉ぁ！　誰がお前の住所聞いた？」
「字余りもいいとこじゃん！」
「いや。正直もんだから」
「あのなー。事情聴取じゃねぇんだからよー。そこは〝スイッツランド〟にしてくれよ」
「あ。そうか」

「♪や〜〜〜〜〜〜っほ〜〜〜〜〜〜〜〜」

「♪ほ〜とらんらら、やっほほ〜とらんらんら」

「♪やっほっほーとらんらんら！　やっほほ〜〜とらんら！」
「♪やっほっほーとらんらんら！　やっほほ〜〜とらんら！」
　ー中略ー　回ってます。

「♪ヤッホッホッ！」

「‥‥‥‥」「‥‥‥‥」「‥‥‥‥」

「つまんね〜〜〜〜〜〜〜〜〜〜〜〜〜」
　いや。かなり面白かった。
　ギャグとしてですが。

「いや。『おおブレネリ』だからダメなんじゃねぇか？」
「うん。女子の入る部分あるからな」

「じゃ〜〜〜〜〜〜〜」
　再び考える西条くん。
「フニクリ・フニクラだ！」
「よ〜〜〜し！」

「さん、はい！」
「‥‥‥‥」「‥‥‥‥」「‥‥‥‥」「‥‥‥‥」

番外編　星のメドレー　　237

「さん、はい!」
「‥‥‥‥」「‥‥‥‥」「‥‥‥‥」「‥‥‥‥」

「あれ? どういう歌だっけ?」
『フニクリ・フニクラ』。誰も出だしを知りません。

どうやら西条くん、「♪フニックリ、フニックラ」の部分だけでの提案。
「なんだよ! わかんねー歌提案すんじゃねーよっ! ボケぇ!」
「いや〜〜。なんか知ってそうで知らない歌だったな〜〜」

はぁ‥‥‥‥。
ますます落ち込む僕たち。

「だめだ。バリトン。お前やれ!」
「そうだ! バリトンの声ならバッチリ女子釘付けだぜ!」

美声の代表バリトンくん。
「じゃぁ、ぼくの好きな歌でいいか?」
「おお。みんな知ってる歌な?」
「みんな知ってる歌かぁ。よっしゃ!」

「よし！　やれ！　バリトン！」

「♪あ〜る〜晴れた〜　ひ〜る〜さがり〜〜〜〜」
「♪市場〜につづ〜く道〜〜〜〜〜」

　おお！　さすがバリトンくん。美声です！
　美声ですが、
「はい！　合唱！」

「♪ら・ぱぱんぱん」
「♪**どんなどんなど〜な〜ど〜な〜〜**」
　ひととおり、おっかけで合唱して、
「♪**荷馬車がゆ〜れ〜る〜〜〜〜〜**」

　歌い終わりました。

「うう……。悲しい……」
「牛さん、かわいそうだ……」
「牛に生まれたばっかりに……」
「……って、ばかやろう……なんでドナドナなんだ……バリトンのアホ」
「だってみんな知ってるって言えばやっぱ童謡だろ？」
「童謡でもドナドナはダメだ」
「うん。ドナドナは勘弁してくれ。気分は牛さんだぜ」

「じゃぁ、みんな知ってるっていうと〜〜〜。マンガの歌かなぁ?」
「あ。それいいな。マンガならみんな知ってるし」
「じゃ〜〜〜〜、タイガーマスク」
「おお! 勢いある〜〜〜〜〜!」

　しかし歌には、人それぞれ得意分野というのがあります。
　バリトンくんは、そもそもバラードですので、

「♪あたたかい〜ひとの〜なさけ〜の〜〜〜」
「♪胸をうつ〜あつい〜なみだ〜を〜〜〜」

「おお! テレビそのものだ!」
「すげ! バリトンうまいっ!」

「♪知らないで〜そだった僕は〜、みなし〜ごさ〜〜〜〜〜」

　そして合唱。
「♪ひねくれて〜星をにらんだ〜ぼくな〜のさ〜〜〜」

　ー中略ー

「♪それだから〜みんなのしあわせ〜〜〜〜いのる〜の〜さ〜〜〜」

「‥‥‥‥」「‥‥‥‥」「‥‥‥‥」

「って、バリトン！　それエンディングじゃん！」
「なんで『みなしごのバラード』のほう歌う？」
「うーん。バラードがレパートリーなんだよ」
「レパートリーっつってもよー‥‥‥」
「木枯らし吹いちゃったなぁ〜〜〜〜。夏なのに」

　みんな単純ですから、気分はすでに「悲しみモード」に入っておりまして、
「みなしごは悲しいな‥‥‥」
「うん。俺も父ちゃん死んじゃったし‥‥‥」
「そうか。西条、父ちゃんいないんだっけな‥‥‥」
「あ〜〜〜。もう悲しくってしょうがねぇよ！　バカヤロウ！」

　すっかり悲しみにくれる僕たち。
　なにやってんだか‥‥‥。

　対して、アルタイルと合流した女子たちは、テント設営に入っていて、きわめて楽しそうにはしゃいでいます。

「くそ〜〜〜〜。あんなに楽しそうに‥‥‥」
「おれら、みなしごなのによ‥‥‥」
　いや‥‥‥。いつから「みなしご」になった？

「強ければそれでいいんだよな‥‥‥」
「ああ。力さえあればいいんだよ‥‥‥」

　ひねくれて星をにらんだ僕たちです。
　星、出てないけど。

第6話　♪ドナドナなど（2）

『おおブレネリ』が自分のまわりで踊られたというのに、まったく動じず眠ったままのジェミー。
　やはり大物か？
　はっきりしているのは、「ラストスパート」は、まったく意味を成さなかったということです。

　すっかり悲しみにくれていたドナドナな僕たちでしたが、
「とりあえず俺たちも夜の準備でもするか〜」
　ようやく「女子」から離れて、重い腰をあげました。

「うん。みなしごはみなしごどうし、強く生きようぜ」
　と、千葉くん。今朝がた「息子をよろしく」と送り出してくれた女性は誰なのでしょうか？

「こんなんだったらミカだけでも連れてくるんだったなぁ～」
　西条くんには貴重な「ふれあえる女性」ミカちゃん＝小学１年生。

「西条、小学生にたよるなよ」
「うん。小学生を10数人の男子高校生でうばいあうって、かなり悲しいぞ」
「うん。ドナドナだな」
「ドナドナ‥‥‥」
「子牛さん‥‥‥うう‥‥‥」

　どんな明るい話題でも、すぐにアンニュイなモードに入る僕たち。バリトン効果、絶大です。

　と、そこに、
「ねーーー君たちーーー！」
　女子たちが２人こちらに向かってきました。

「あ。あれは‥‥‥」

「奈穂と亜也子だ」
「お！　お誘いか？」
　いやおうにも期待が高まります！

「あのねーーー。君たちーーー、せっかくだから一緒に‥‥‥」
　と言いかけたところで、女子の声には反応したジェミー。
「ん～～～～～口のまわりが～～～なんか痒い～～～～」
　やおら起きあがるカールおじさん。

　これに気づいた亜也子ちゃんたちが、
「あ。ジェミーくん。ヒゲ？」
「なにそれ？」
　なにそれって‥‥‥。

　確認に近づきますが、よしたほうが‥‥‥‥。

「う‥‥‥動いてるぅ‥‥‥‥!!」
「うそっ!?　ほんとだ‥‥‥‥!!」
　そりゃ動いてます。「生きた蟻」ですから。

「キャーーーーーーーーーー!!!!」

　女子は去っていってしまいました‥‥‥。

「あああ‥‥‥せっかく来たのにぃ‥‥‥‥」

　当のジェミーは、というと。
「あ？」
　まだ寝ぼけてましたが、「秘所地の出来事」を確認すると、
「うわぁ！　な、なんです？　これっ!?」

　誰もそれには答えないかわりに、
「ばかやろ！　ジェミー、なんで今起きるんだよ！」
「ったく！　とんでもねータイミングで起きやがって！」
「永遠に眠らせてやるっ！」
　カールおじさん、理由なきリンチ。

　しかし。
　女子は再びやって来てくれました。
　しかも、
「あ。和美だ」
　最初に気づいたのは、チャーリーと千葉くん。
　和美ちゃんは、さきほどの亜也子ちゃん、奈穂ちゃんをともなって３人。

　と、さらにもうひとり。
　アルタイルのメンバーとおぼしき背の高い男性。

23、4歳くらいでしょうか。いずれにせよ「立派な男性」。和美ちゃんのすぐ後ろに立っています。
　僕はその距離の近さに、少し不愉快になりました。

　だって「アルタイル」は、ついさっき着いたばかり。それにしては、息を感じ取れるほどのその間隔が、ずいぶんとなれなれしく思えたのです。

「和美、来てたんだ？」
　白々しく僕。
　知ってたくせに。さっき見つけてたじゃないか。

「うん……。ねぇ。せっかく来てるんだし、一緒に星の観測しないかって先生が」
　和美ちゃん。少しはにかんでいます。
「安西先生が？」
「そう。一緒のほうが楽しいでしょ？」
　と、今度は亜也子ちゃん。
「う〜〜ん。そうだなぁ……」
　一応迷ったふりなどする西条くんでしたが、心は絶対「おっけー！」のはず。僕でさえ、そうでしたから。

「西条に聞いてないよ。どう？　井上くん。星詳しいんでしょ？　教えて！」

亜也子ちゃん。きつい。
「そりゃねぇだろ？　亜也子〜」
「だって西条、星より女子観測しそうなんだもん」
「なんだとーーー？」
　でも図星なので、それ以上言い返せない西条くんです。

「西条は服着てる女には興味ないんだぜ！」
　と、チャーリー。
　ないすふぉろー‥‥‥のつもりらしい。
「そんなことないぞ！　服着てる女も見るぞ！」
　ああ‥‥‥西条‥‥‥。
　沼に斧を落としたら絶対「金の斧」までもらえるタイプですが、沼の女神様は逃げていくかも。

「どう？」
　和美ちゃんが僕に向かって言いました。

　一応みんなに聞いてみる。たぶんオッケーだと思うよ。
　と、言おうとしたのに。せっかくそう言おうとしたのに。

　後ろの背の高い男性が、
「君らはなにしに来たんだい？」
　笑顔でたずねました。
　笑顔ではあったのですが、僕にはたまらなく不快な質問

に聞こえて。

　キャンプ場なんだから、キャンプに決まってるだろ？

　が、僕より先に西条くん、
「米研ぎばあさん見に」
「はぁ？　なにそれ？」
　男性は、すっとんきょうな声をあげました。聞きようによっては、ずいぶんとバカにした声です。

　これに奈穂ちゃんが、
「この子たち、心霊なんちゃらって研究してんの」
　わざわざ振り向いて、男性に説明します。
「ねっ？　井上くん！」
「ええ。そうです」
「心霊？　心霊って幽霊とかの？　はははははははは」

　心霊で悪いか。
　言っとくがなぁ。井上はお前らなんかより、ずっとずっと天文には詳しいんだぞ。
　心の中で反感が芽生えます。

　そして、
「どう？」

そう言った和美ちゃんの言葉に、
「いいよ。そっちはそっちで楽しくやればいいだろ？」

それが僕の口から出た答えでした。

・・・・・・・・・・・・・・・・・・・・・・・・・・・・・・
第7話　♪ドナドナなど（3）

「くそ〜〜〜。なんか腹立つ野郎だなー」
　と、西条くん。
　僕は、ヘソを曲げたのが自分だけではなかったことに、ちょっと安堵しました。

「健吾ぉ！」
「なんだぁ？」

　西条くん、奥でサッカーをして遊んでいた健吾くんを呼びつけると、
「あいつにシュートしろ！」
「え？　あの男に？」
「ああ」
「ぶつけていいのか？」
「おお。思いっきりやれ！」

どうやら西条くん。サッカーをしていて「偶然」を装いボールをぶつけるつもりのようです。

「へ〜〜〜い。健吾ぉ。パスパス〜〜〜〜」
　前にしゃしゃり出た西条くんのほうをめがけて健吾くん。
「くらえっ！　ペレ直伝バナナシューーーーーート！」
　いつペレが健吾くんに伝授したかは知りませんが、シューーーーッという風切り音までする猛烈なシュートが、男性の背中に一直線！

に行きましたが、途中でグニャっとカーブすると、

バイ〜〜〜ン

「いった〜〜〜〜〜い！」
　なんと和美ちゃんの背中直撃！

「なんで和美に当てる！　バカ！」
「いや〜〜〜。まさか曲がるとは‥‥‥」
　自分でバナナシュートと言っておきながら。
　うちのサッカー部が弱いわけです。

　和美ちゃんは、キッ、とふりむくと、転がったボールと、そして、なぜか僕をにらんで、それから、ボールをこっち

に向かって蹴(け)り返しました。
「ごめん‥‥‥‥」
　一緒にあやまる僕です。

「ま。しゃーねーや」
「そうそう。それよりジェミー起きたし昼飯食おうぜ～」
「そうだ！　腹減ってるから元気ないんだった！」
「そうだ！　飯食って元気出そうぜぃ！」

　おーーーーーー！

　そうです。
　空腹の上、野郎ばかりで歌ったり踊ったり。炎天下のもと、すでに倒れそうです。短気になるのも、空腹のせいかも。

「ジェミー。飯の用意できたか？」
「はい～～～。バッチリです！」
　と、ジェミーが見せてくれたのが、火にかかった３つの土鍋(どなべ)。

「おおおお！　わざわざ持ってきたのか!?」
「土鍋ってとこがキャンプに不向きですごいぞ！」
「おお。今まで持ってきた馬鹿見たことないな！」

「でしょ～～～～？」
　褒められてないぞ。ジェミー。

「今日はこれでバッチリ作っちゃいますからね！」
「よしよし！　期待するぞ！　ジェミー」
　この炎天下に「鍋」って発想もすばらしい。
　でも、そんなことどうでもいいほど、お腹がすいていた僕たちです。

　そしてそして、
「先輩方～～～～できましたよ～～～～～！」
　ジェミー、元気の元の料理完成！
　完成ったら完成！

「おおおお！　すげーーーー！」
「うまそうだ！」
「でかした！　ジェミー！」
「こりゃ元気出そうだ！」
　大絶賛！
　鍋だけど。
　暑い日にこそ鍋は元気の元かも。

「で？　これなんて鍋だ？」
　配膳(はいぜん)が終わり、みんながフォークを持ってたずねます。

「これはですねぇ‥‥‥」
「うんうん」
「新鮮野菜と子牛ひき肉のコンソメ風味です！」
「こ、子牛？」
「ひ、ひき肉？」
「はい！　題して、子牛の土鍋でドナ土鍋！」
「ドナ‥‥‥ドな‥‥‥べ‥‥‥‥？」
「ドナドナ‥‥‥べ‥‥‥」
「はい～～～～～」

「子牛‥‥‥」
「ひかれちゃってるな‥‥‥」
「ああ‥‥‥ひき肉だからな‥‥‥」
　誰もフォークを出せません。

「どうしたんです？　みなさん。食べてくださいよ～～」

「あ‥‥‥うん」

「子牛」
　なんで強調する？

　ドナドナを歌っている間中寝ていたジェミーだけは、平気でガツガツ食べます。ひかれた子牛。

「あれ?　西条先輩、泣いてます?」
「あ……ああ……ちょっとな」
　これは泣けます。

「涙ぐむほど感激してもらってうれしいっす!　明日もつくりますね!　子牛料理!」

「………」「………」「………」

　食事後。予想に反して、さらに落ち込んだ僕たちでした……。

　ドナ土鍋。ネーミング最悪。

第8話　あまりもの（1）

　アルタイルは、さすがに大人だけあって、設備も豪華でした。
　簡易の椅子、ベッド、ラジカセから発電機まで。そのまま何日でも暮らせそうなほどです。
　特に発電機は僕たちにとって、垂涎(すいぜん)の装備です。

女子だけの天体観測会はほとんどの設備をアルタイルにまかせる形で、身ひとつで来ている、といった感じでした。

「く～～～～。やつらあそこに家でも建てるつもりか！」
「しかたないよ、西条。予算が違うよ。僕らとは」

　対して、僕たちといえば、持ち寄ったとはいえ、本当にシンプルなものです。
　だからこそ、キャンプの面白さがある、とも言えるのですが。

「へ！　こっちにだって土鍋があらい！」
　確かに向こうには、土鍋はないかもしれない。

　設備が大がかりであったため、アルタイルは、最初よりかなり陣地を広げ、皮肉なことに、僕たちのすぐそばにまでその領土が来ていました。
　おのずと女子も、けっこう近くまで来ることになり、僕たちはずいぶんとばつの悪い思いをしなくてはなりませんでした。

　お互いに顔を合わせても別グループ。同じ学校ですから、今更大声で挨拶というのもヘンです。

設営や、準備をいっしょにしているうちに、アルタイルとうちの女子も打ち解け始め、かなり親しげに笑い合ったりしています。

「ああ……俺のひろみが……あんな男に～～～」
「俺の萌(もえ)……」
「俺の友美(ともみ)……」
「おいらの伸子(のぶこ)……」
　みんな所有格を「MY」にしていますが、つきあっている、という意味ではありません。
　どういう意味か、というと、
「え？　千葉ってひろみだったの？」
「いや、夕べ、ひろみのお世話になって」
「千葉ぁ。それひろみに直接言うなよ。二度と使わせてもらえなくなるぞ」
「え……。そんなのってあるわけ？」
「ああ。ひろみにも肖像権ってもんがあるからな」
「そうだったのかぁ。断らず使ってた」
「いや。断ると使えないんだよ」
「そういうもんかな？」
「そういうもんだ」
「わかった。今晩は、万里子(まりこ)にするよ……」
「いや、千葉ぁ。今晩キャンプだから。な？」
「あははは。そうだった。予告しちゃダメだよな！」

「そういう意味じゃないけど、僕の隣で寝るなよ。絶対」

　アルタイルの構成メンバーは、20代が中心のようでしたが、数人、僕たちと同じ世代が入っていました。
　当然、彼らの中では下っ端なようで、最も動きまわっているのがその数人。

　それを見ていた千葉くんが、
「あれぇ？　あいつ……」
「え？　知ってるヤツいるの？」
「うん。県大会で毎度おなじみだ」
「水泳の？」
「ああ。そうだ。間違いないや。中央の青砥(あおと)だ」
「中央高校の？　へぇ……。強いのか？」
「まぁまぁだな。個人メドレーじゃ、あいつに負けた」

　確かに水泳部らしいガッチリしたいい体をしています。
　その青砥が、さかんにちょっかいを出しているらしき女子が、ひろみちゃん。

「くそぉ！　俺のひろみに〜〜〜〜」
　だから。それは妄想だろ？

　ところが、向こうも千葉くんに気づいたようで、こちら

に寄ってくると、
「よぉ。千葉じゃないか」
「よ！」
　片手で挨拶する千葉くん。
「なんでこんなとこ来てんだ？」
「お前こそ。星なんか興味あるとはなぁ。びっくりだよ」
「星？　ああ。星っていうより女かな。はははは。俺は誘われただけなんだよ」
　どうやら、あまり純粋な天文観測メンバーというわけでもなさそうです。
「そうか。お前のとこ男子校だもんな」
「そうそう。夏くらいはな。野郎ばっかのとこいると暑苦しいから。合宿サボってこっち来たんだけどさ」
「ふーん」

「来た甲斐があったわ。あはははは」
「青砥。どうでもいいけど、あれ、うちの女子だからな。手ぇ出すなよ」
「え？　そらぁないだろ？」
　目的もあまり純粋とは言いがたい？

　しかし青砥。ふと僕たちのメンバーを見渡して、
「げ！　あいつ西条じゃん？」
「ああ」

「お前、仲間なの?」
「ああ」

　他校で「西条を知っている」ということ自体、あまりいい輩ではないことを意味しています。

　僕は少し、和美ちゃんのことが気になりだしました。

第9話　あまりもの（2）

　夕方になって、あたりが暗くなり始めると、設備の差は「照明」で歴然となりました。
　発電機のあるアルタイルは、100Ｖ用の照明が並び、さながら夏祭りのような賑わい。
　対して僕たちは「炎だけ」という『はじめ人間ギャートルズ』に等しいレベルです。
「うう……マンモスでも獲ってくるか」
「そうだな。ドテチン」
「誰がドテチンだ!?」

　アルタイル側では、照明灯の明かりの下に、ときおり女子との仲睦まじい共同作業などが映し出され、僕たちの落

ち込みに拍車をかけます。どうやら晩ご飯の準備に入った模様。

「俺らも晩飯の用意しようぜ」
「ジェミー、今夜のメシ、なんだ？」
「えっとー。子牛とキノコのごった煮ブルゴーニュ風です」
「え〜〜〜〜〜〜〜。また鍋？」
「そうです。文句あるなら食わないでください！」
「食うよ。食うけど、ちなみに明日の朝は？」
「えっとー。明日の朝は、キャベツと子牛のごった煮プロヴァンス風ですね」

 なんかフランスっぽい名前ですが、

「え！　朝から鍋？」
「そりゃそうです」
「なんで！　目玉焼きくらいしろよ！」
「無理です」

 なんで無理かと思ったら、
「なんだって〜〜〜？　調理用具が土鍋しかないだぁあああ？」
「はい〜〜〜〜」
「はい、じぇねぇよ！　フライパンとか飯ごうは？」
「そんなものありません」

ジェミー。当然そうに言い放ちます。
「なんでないんだよっ！」
「無茶言わないでください。先輩！　土鍋だけでせいいっぱいですっ！」

「‥‥‥‥」「‥‥‥‥」「‥‥‥‥」

「めちゃくちゃ重いんですよ？　土鍋。かさばるし」
　なんでそんなにまでして土鍋持ってくる？

　結局僕たちのキャンプ中の食事は、オール鍋。
「あ。ちなみに明日の晩は、ザリガニと子牛のごった煮ジンバブエ風です」
　ジンバブエって何処(どこ)だ？

　なんだかんだ言いながら、
　結局「ごった煮」。
「うう‥‥‥メシだけが楽しみだったのに‥‥‥」
「まぁいいやぁ。調理に入ろうぜ。ジェミーにやらせたらろくなもんになんねぇ」

　水場に着くと、そこに女子たちの姿が。

　が、どうもさっきまでの「楽しい雰囲気」とは少し違い

ます。
「あれ？　真紀(まき)？」
「あ。千葉くん、こんばんは」
「なんだ。男と一緒じゃないのかぁ？」
　聞きづらいことを平気でたずねる千葉くん。
　僕には彼女たちが、アルタイルの男性と離れている理由がちょっとだけわかっていました。

「そ。あたしたちはあまりもんなの」
「あまりもん？」
　真紀ちゃんは、千葉くんと同じ水泳部で、体が女性にしてはごつく、顔もちょっと男勝りでした。性格はとってもやさしくっていい子なのですが。

「ま。いつものことよ」
　真紀ちゃんは平然と言いますが、それが女性にとって、いかに屈辱的であるか。僕にはよくわかりました。

「あたしたち、きれいどころじゃないから〜」
「ねー」
「それでお前らが調理係を？」
「だってねー」
「他にすることないしねー」
「みんなアバンチュールに熱中しちゃってるからさ」

本当に慣れているようで、さばさばと言います。

　千葉くんは、同じ水泳部でしたので、
「真紀！　そんなこと、することないぞ！」
「だって晩ご飯は食べなきゃ。向こうは配膳してるし」
「くやしくねぇのか？　真紀いい！」
「なに怒ってんの？　千葉くん」

「俺は許せねー」
「あれ？　ひょっとして千葉くん、飲んでた？」
　僕にたずねました。
「うん……。ちょっと」
　そうです。千葉くん、あの後、ダルマを半分ほどあけて、かなりできあがっていました。
「真紀い！　お前がいい女だってのは、俺がよーーーっく知ってるぞ！」
　酔った勢いなのか千葉くん。

でも。
　たとえ酔った勢いであっても、真紀ちゃんは、ちょっぴりうれしそうでした。

「はいはい。わかったから。あんまり飲まないでね。未成年なんだから」

にっこりと笑います。
まるでお母さんみたいに。

　今度は、僕に向かって真紀ちゃん。
「あんまり千葉くん飲ませないで。来週試合なんだから」
「個人メドレーだっけ？」
「ううん。他にも３種目くらい出るよ。千葉くんエースだからね」
「ふうん‥‥‥」
　この会話を知ってか知らずか、千葉くん。
「真紀ーーーーー！　後から俺んとこ来い！」
「はいはい」

　結局調理は、グレート井上くんとジェミーがやることになり、僕は千葉くんのお守り。

　水場は少し高い丘になっていて、そこからアルタイルの様子がうかがえます。
　照明の下で、はしゃぐ男女。正確には、男と「選ばれた女」。
　そこには、遠く和美ちゃんの姿もありました。

第10話　あまりもの（3）

　晩も「鍋」でしたが、例によってすんなり食事できる僕たちではありません。
　鍋の悪い点は「なんでもつっこめる」ところ。

　去年は、緑が足りない、という案から、西条くんが「そのへんの雑草」をつっこんだのですが、当たりが悪かったのか、全員ラリってしまいました。
　なんだったんでしょうか。あの草は。

「西条！　去年みたいなことしたら承知しないからな！」
「わかったってー」
「キノコと草はなしだぞ！」が、暗黙のルールとなりました。

　しかし。
　メンバーがメンバーですので、無事にことが運ぶはずもなく、
「なぁ。俺のに入ってる、このレーズンみたいなの、なんだ？」
　と、久保くん。

「あー。そりゃカエルの卵じゃないか？」
「なんだぁ。カエルかぁ‥‥‥」

「って、誰だーーーーーー！　入れたのっ！」
　つまりはいつも「やみ鍋」と化してしまうわけです。
　男ばっかのキャンプなど、こんなもんです。

　ところが、この「カエルの卵」。強烈でした。
　固形物なら「当たり」は、ひとりなのですが、ゼリー状であるカエルの卵は、お湯になると溶け出しまして、片栗粉でも入れたかのように広がります。
「うわぁ‥‥‥‥食えねぇぞ。これ‥‥‥‥」
「誰だ、入れたの？」
「さぁ〜〜〜〜〜〜〜」
　わかりません。

　ここで推理派、グレート井上くん。
「これはあれだな。殿様ガエルの卵だな」
「井上、わかるのか？」
「ああ。僕は、カエルに詳しいんだ。間違いない」
　するとジェミー、
「あはははー〜〜。井上先輩知ったかぶりして〜〜〜。アオガエルですよ〜〜〜」

「そうなのか？」
「はい〜〜〜。ざんねんでした〜〜〜〜。あはははは」

「やっぱりお前かっ!!!!!」
　犯人発覚。
「えーーーー！　ブルゴーニュにもカエルはいます〜〜〜〜〜〜」
　カエル殺人事件へと発展。

　が、真犯人が発覚しても、とても食えたものじゃありません。ブルゴーニュ風ヤミ鍋。

「馬鹿ジェミーがぁあああああ」
「あーあ、作り直しかよ・・・・・・・・・」
「また鍋だけど・・・・・・・・・」
「それを言うな・・・・・・・・」

　というところに。
　さっきの真紀ちゃん。
　千葉くんとの約束を守ったのかどうかわかりませんが、
「君たちーーーーーーーー」
　一緒に調理していた2人の友達と、大きな鍋を運んできました。
　ただしこちらはアルミ製。土鍋じゃありません。

「お。真紀ぃ」
「どうしたんだ？」
　千葉くんばかりでなく、見てくれは悪くても、明るいお母さんみたいな真紀ちゃんは、みんなのお気に入りです。

「あっちの食事余ったからさ。どうかと思って」
「うそ〜〜〜〜、そりゃ助かる〜〜〜〜〜〜」
「こっちの食えなくなって困ってたんだ」
　晩ご飯も食べ損ねたメンバー、大喜び。

「え？　やつらの食材だろ？　いらねーよ！」
「うん。いらない」
　僕や西条くんが意地をはりますが、
「またまたぁ。西条。無理しないで！」
　お母さんにはかないません。
「まぁ〜〜〜。真紀がどうしても食ってくれっていうなら‥‥‥‥」
「うん。西条、お願いだから食べてぇ！」
「お、おう！　しかたねぇな。真紀がそう言うんならよ」
　真紀ちゃんのほうが僕たちよりずっと大人です。

「はい。どーぞー」
　僕たちの器に、持って来たポトフを配る真紀ちゃんたち。

「うわぁ。うめ！」
「そりゃそーよ。誰が調理したと思ってる？」
「真紀様たちです!!!」
「そういうことだ！」
　豪快に笑う真紀ちゃん。
　あらゆる点で男勝り。

　がっつくように食べ終えると、
「ふ〜〜〜。真紀たちのおかげで命拾いした」
「孝昭ったら。オーバーなんだから」
「いやぁ〜〜〜。なにしろアオガエルだったからなぁ」
「カエル？」
「そ。ブルゴーニュの」
「ブルゴーニュ？」

　僕たちが食べ終わっても、真紀ちゃんたちは帰ろうとしません。

「あれ？　いいのか？　真紀。向こうに戻んなくって」
「星の観測始まってるんじゃないの？」
「いいのいいの。みんな星観たいわけじゃないみたいだから」
「だって先生は？」

「先生は、夜中の観測に備えて寝てる」
「ふうん‥‥‥」
「ほら。先生以外はさ。もともと目的がレクリエーションだしねー」
　確かに。

　照明が落ちたアルタイル側は、もうなにをやっているかわかりません。
　時折、科(しな)をつくった女子たちの甘えた声と、男たちの甲高い笑い声が聞こえてくるだけです。

　僕は、ふと和美ちゃんが気になって、向こうの様子を見てくることにしました。

　そーっと。
　そーっと。

　すると、真紀ちゃんの言った通り、天体観測をしている雰囲気はありません。

　ろうそく1本を中心に、輪になって話をしています。
　円は、きれいに男性の隣に女子の順で、和美ちゃんの隣は昼にやって来た男性でした。

男性の低い声が聞こえてきました。
　どうやら怪談をしている雰囲気です。

　つまりは、怖がらせて、女子と体をくっつけようという魂胆。
　見え見えです。

　話しているのは昼に来た男性。
「君たち。このあたりでね。米研ぎババァっていうのがいるの知ってる？」

　うそ……。
　盗作????
　西条をあざ笑っておきながら。

「夜中にね。水場にいくと、米を研ぐ音がするんだ」

「ざ、ざ、ざ、ざ、ってね？」

「で。振り向くその顔がさぁ………」

「キャァ！」

　女子たちが、それぞれ隣の男性にくっつきます。

米研ぎばあさんの寓話は、実は戦時中に実際にあった話に基づいていました。
ひとり息子に赤紙が来たのを嘆いたあるおばあさんが、それをかくまうためにこの山に住み着いたらしいのです。
結局、憲兵に見つかり、息子は最前線へと送られ、おばあさんも拷問にあいました。
息子は戦地から戻ることはなく、今でも息子を待ち続けるおばあさんの霊が、米を研いでいて、その音だけが聞こえるという、哀しいお話です。

なんにも知らないくせに。

この話に限らず、心霊現象には、必ずといっていいほど、哀しい逸話がついてまわります。
その埋もれた歴史を調べることが、「心霊研究」の大きな目的でもありました。
単純に「不思議な現象が面白い」わけではなかったのです。

僕は、彼の話す「新説米研ぎばあさん」が不愉快でたまりませんでした。
同時にそれを隣で聞いている和美ちゃんも。

と。そのとき、
「なんだとぉ！　もう一回言ってみろ！」

　僕たちのエリアから怒声が聞こえてきました。

第11話　流れ星の見つけかた（1）

「なんだとぉ！」
　僕は大慌てでキャンプへと戻りました。

　すると最初に強いアルコール臭。

　青砥……。

　そうか。女子が減ったぶん、余ったんだ……。
　彼の他に3名ほど。あわせて4名。

　それに向かって怒鳴っていたのは、千葉くんでした。
「どうしたんだ？　千葉」
　僕を無視して千葉くん。
「青砥ぉお！　いいかげんにしろよっ！　てめぇ！」
　酔いが回っているのか、めずらしく激怒している千葉く

ん。
　青砥は、ばつが悪そうに、
「いや。だから、メシも女もあまりもんか、つっただけだろ？」
　こちらもかなり入っているようです。
　いや‥‥‥ふりだけ？

「こいつ‥‥‥‥！」
「やめて！　千葉くん！」
「真紀ぃ、止めるな！　こいつお前のことを‥‥‥！」
「いいから！　いいってば！　今日なんかやったら県大会出れなくなるよっ！」
　目的はひょっとしてそれか？

「お前が馬鹿にされたんだぞ!?」
「だからいいってば。あたしたちは慣れてんだからさ！ほら。あたしブスだしーーー」
「そういう問題じゃねぇっ！」
　千葉くんの憤慨はたいへんなものです。
　なにしろ真紀ちゃんは、水泳部で、ずっと一緒にやってきた仲間。僕たちとは思い入れも違います。

「お？　やんのか？　千葉ぁ。水泳でかなわねぇから暴力か？」

青砥の挑発は強烈でした。

　間違いない。狙いは「県大会不出場」。
　今年、千葉くんは、著しくタイムを縮め、地区大会での新記録をたたき出していました。
　千葉くんが勝てば、彼は２位以下。

　こいつ酔ったふりして、意外に頭がいいのでは？
　とすれば、千葉くんの飲酒はかなりまずいことになります。
　ここはなんとしてでも止めなくてはなりません。

　が、
「そうだぞ。真紀ぃ。言われっぱなしってことはねぇやな」
　孝昭くんと、西条くんが後ろに立ちました。続いて久保くん、河野くん。

　青砥以外の３人は、すでに構えています。
　普通に考えて、勝てない喧嘩です。
　が。青砥にはやはり計算がありました。
「へ。西条かぁ。いいのか？　お前らの先生に聞いたぜ。次の暴力沙汰は退学だってなぁ？」
　やはり。こいつ図ってる。

「そうだよ！　みんなやめて！　西条も！　孝昭も！」
　真紀ちゃん。必死の制止。
「真紀ぃ。どいてろよ」
「そうそう。けじめはつけねぇとなぁ」
「どかないよ！　あんたたちがなんかやっても千葉くんは県大会出れないんだよ？」
　このひとことで、みんなの勢いが止まりました。
　他のメンバーもほとんど退学ギリギリ。
　誰がやっても、千葉くんは大会に出れず、おまけで退学がつきます。

「どうした？　かかってこいや。瞬殺西条の名が泣くぞ？」
　挑発を続ける青砥。彼にしても、西条くんを挑発するのは、かなりの覚悟のはずです。

　一瞬の静寂。

　が、

　ゴッ！

　にぶい音が響いて、

「う‥‥‥‥」

続けて、

「ぉあっちーーーーーーーーーーっっ!!!」
青砥大慌て。

「あ。すいません〜〜〜〜。そこ、土鍋の通り道です〜〜〜〜♪」

「ジェミー！」

第12話　流れ星の見つけかた（2）

　ご存じのとおり、片栗粉などを溶いた、とろみのある料理は熱が下がりません。
　片栗粉じゃなく、カエルの卵ですが。

　いつまで火にかけてきたのか、それを背中にかけられた青砥。たまりません。
「おわぁーーーち！　あちっ！　あちーーーーーっ！」

たまらずＴシャツを脱ぎ出す青砥。

　もちろん他の３人は黙っていないわけで、
「てめぇ！」

　ジェミーは、
「あ。そのあたりも土鍋の通り道ですから〜〜〜〜」
　いきなり「カエルの卵」入りブルゴーニュ風ヤミ鍋をぶちまけたのでたいへん！

「あちーーーーーーー！」
「おあっちっちっちっち！」
「どわ〜〜〜〜〜〜〜〜！」

　すさまじい攻撃力！　阿鼻叫喚(あびきょうかん)！
　すごいぞ！　ジェミー！
　よくやった！　ジェミー！

「あちちちちち！　ば、ばっきゃろーーー！　なに考えてんだ！　ジェミー！」
　敵味方かまわずかかってしまったことを除けば‥‥‥ですが。

「あ。土鍋の通り道は選べません〜〜〜〜。液体ですから

っ！」
　なら撒くなよ‥‥‥。

　当然真紀ちゃんたちにもかかりまして、
「あ、あっつぃーーーー！」

「脱げ！　真紀！」
「そうだ！　さっさと脱がないと火傷すっぞ！」
「太ももも火傷したら大会出れないぞ！」
　自分の火傷は忘れて、真紀ちゃんの火傷を心配してます。
　ああ、美しい思いやり。

「あんたら敵なわけ？　味方なわけ？」
「さぁ？」
「とりあえず脱げ！」
「やよ！　この野獣ども！」
　美しい思いやり‥‥‥。

　が、ジェミーはまだ収まっていません。
「次のブルゴーニュいきま〜〜〜〜す！」

　うそ‥‥‥‥？

　バシャーーーーー！

番外編　星のメドレー

「どわーーーーーーー」
「おあっちっちっちっちっち」
「バカーーーーーー！」

　敵味方関係なく、逃げる逃げる。
　どっちかって言うと、味方が多く逃げてるのは気のせいでしょうか？

「くそーーーー！　こいつーーー！」
　一足先にTシャツを脱ぎ終えた青砥たちが、ジェミーに襲いかかろうとしていました。

　が。

　そこに、
「バナナシューーーーーートッ！」

　サッカー部、健吾くんが蹴ったボールが一直線に！　曲がって……。

　ボクッ

「痛っ!!!」

一番左の男に命中！
「あれぇ？　一番右狙ったのに‥‥‥」
　そんなもんだ。ペレ直伝。サッカーの神様も泣いてます。

「こ、こいつらーーーー！」
　しかし相手もひるみました。
「今だ！　押さえつけろーーーーー！」
　命令一下、
「よっしゃーーーー！」
「まかせろっ！」
　みんなが一斉に動きました！
　こういうときのチームワークは抜群！

　でしたが、
「いや‥‥‥。ジェミーじゃなくってさぁ‥‥‥‥」
　西条くんたちが押さえつけたのは、なんとジェミー。

「だってこいつが一番危ないもん」
「そうだそうだ。こいつが実害一番あるぞ」
「これ以上、火傷させられてたまるか！」
「こいつに比べたら青砥なんざゴミだ」
　そりゃそうだけど‥‥‥。

「突っ立ってるから悪いんじゃないですか〜〜〜〜〜〜」

と、ジェミー……。
「やかましいわっ！　ドナドナしてやるから覚えてろ！」
　仲間割れ。もろい友情。

　しかし、場が荒れたのはラッキーでした。
　もともと多勢に無勢。武闘派以外のメンバーが、青砥たちを押さえつけてくれていたのです。
　特に背丈の大きい村山くんは、武闘派に劣りません。

「助かったよー。村山、井上」
「ああ。どうする？　こいつら」
　森田くん、
「希硫酸あるけど、かける？」
　いや……それはさすがに……。
　土鍋の比じゃありませんから。
　なんでキャンプに希硫酸持ってきてる？

「いや。これだよ、これ」
　手に持っているのは、いつの間にかはずしてきたのか、バイクのバッテリーでした。
「なるほど」
「かけていい？」
　こういう時、化学に精通した「狂った博士」ほど恐ろしいものはありません。

考えようによっては西条の蹴りより恐怖です。
「かかかか、かんべんしてくれ！」
　押さえつけられていた青砥たちも、さすがに希硫酸には観念しました。
　森田。グッドジョブ？

「残念だ‥‥‥」

　グッドジョブ？

第13話　流れ星の見つけかた（3）

「青砥。なんでこんなことやった？」
「‥‥‥‥‥‥」
　黙ったままの青砥。
「森田」
「え？　いいのか？　希硫酸？」
　なんでそんなにうれしそうなんだ？
「ブルゴーニュもいいです〜〜〜〜〜〜」
「いっそ混ぜるか？　ジェミー」
「いいですねーーー。希硫酸ブルゴーニュ風」
　なんか２人で意気投合してますが、希硫酸ブルゴーニュ

風はいただけません。

　千葉くんは、
「それより青砥。お前、真紀にあやまれ！」
「け！」

「希硫酸〜〜〜」
「ブルゴーニュ〜〜〜」
「わわ、悪かったって！　けど、ほんとのことだろ？」
「きさまーーーーーーー！」

　真紀ちゃん、
「やめてよ！　千葉くん！」

　と、この時。
「君たち、なにやってんだ！」「なんの騒ぎ？」
　アルタイル側から、さっきの代表らしき男性と、和美ちゃん。そして、安西先生。
　どうやら騒ぎを聞きつけ、ただ事ではないと察したようです。

「西条くん！　またあなた‥‥‥‥」
　退学首の皮１枚の西条くん。
「あーーー。いえ。なんつーかこれは〜〜〜〜」

「社交ダンス」
　無理だ。孝昭。
「おお！　ブレネリ」
　無理だ。西条。

　代表は最初に青砥たちを叱りつけました。
「青砥！　さっさと戻れ！　おまえらもだ！」
「‥‥‥はい」
　解放された青砥たちは、土を払うと、そそくさと暗闇に消えていきました。

「なにがあったの？　話しなさい」
　安西先生。さっきまで寝てたくせに‥‥‥。
「はい‥‥‥‥」

「先生。千葉くんたちは悪くありません！」
　事の仔細は、真紀ちゃんが説明しました。

「そうか‥‥‥。そんなことが‥‥‥‥」
　代表は、ひと通り話を聞いて、
「君たち。すまなかったね」
　僕たちに詫びましたが、もともとこの人自体を気に入っていない僕たちは、返事すらしませんでした。

番外編　星のメドレー

「青砥は‥‥‥実は僕の後輩なんだけど‥‥‥」
 そう切り出すと、代表は、青砥について語り始めました。
「あいつは、中央には特待入学で入ってるんだ」
「特待？」
「ああ。スポーツ特待生って言ってね。学費が全額免除される制度だ」
「ああ。中央って私立だからな」
「俺の中学からもいたぞ。卓球かなんかで」

「それが‥‥‥彼は今年は成績がふるわなくってな。次回の大会の成績いかんでは特待をはずされそうなんだ」
「特待を？」
「はずされるって？」
「そんなことあんの？」
「そうなるとどうなるんだ？」

「翌年から学費がかかる。まぁ、それだけなんだが」
「ふうん‥‥‥」
「そういうもんなんだ？」
「けど、あいつの家庭はいろいろあって。母子家庭だからな。経済的にもむずかしいとこがあって‥‥‥」
「母子‥‥‥家庭」
 同じ境遇の西条くん、少し表情が暗くなりました。

「プライドもあるし。そうなったら学校やめて働くとか言い出してたんだ」
「だからって千葉の妨害していいってこたないだろ？」
「そうだそうだ」
「汚ねぇぜ」
　武闘派が、一斉に言い返します。
　千葉くんは黙っていました。

「ああ。君らの言う通りだ。このとおり！　申し訳ない！　許してやってくれ！」
　代表は、深々と土下座しました。
　やっぱり彼は大人です。同じ立場で、僕は同じ事をできるでしょうか？

　僕は、ふと、後ろに立っている和美ちゃんに目をやりましたが、彼女の瞳もまた、大人の男性を見る目で。
　なぜかそれがいたたまれなくなり、すぐに目をそらしました。
　彼に比べたると、自分がたまらなく子供で。

　子供で……。

第14話 流れ星の見つけかた（4）

「千葉。テープ取り替えてきたか？」
「あーーーー、さっきジェミーが行った」
　僕たちは米研ぎばあさんの、「米を研ぐ音」を録音するために、カセットレコーダーをしかけていました。
　テープは、最長で片面60分（C-120）なので、1時間ごとにテープを交換する必要がありました。このため、交代で起きて番をするのです。次は僕と千葉くん、そしてジェミーが当番になっていました。

　千葉くん、
「青砥、中学じゃ個人メドレーの県記録持ってたんだぜ‥‥‥」
「へぇ。千葉より速かったんだ？」
「速い速い。俺も目標にしてたくらいだからなぁ」
「そうだったのか‥‥‥‥」

「それがさ。まわりがどんどん追っ付いてきてな。どんな気分なのかなぁ‥‥‥」
「さぁ‥‥‥」
「焦ってたんだろうなぁ。わかんねぇでもねぇや」

僕はまだ青砥の行為が許せずにいました。
「僕は、境遇はどうあれ、その境遇の中でベストを尽くすべきだと思うけど」
「ん。理屈は当然そうだ。理屈はな」
　千葉くんはそう言って、草原に寝転んで、
「でもよー。人の心ってのは。そう簡単に計算通り割り切れるもんじゃねぇもんなぁ‥‥‥」
　夜空を睨みながら言いました。

　そこへ、
「千葉くーん」
　真紀ちゃんがやって来ました。

「お？　真紀。星観てきたか？」
　僕は、千葉くんとの間に、少し隙間をつくって、真希ちゃんを間に入れました。

「うん。奇麗だったよー。すごいんだ。アルタイルの望遠鏡」
「へぇ‥‥‥。織姫のパンツまで見えるのか？」
「あははは。まさか。なにそれ？」
「なんだ。じゃ、西条には向かないな」
　西条くんなら妄想能力でなんとかなりそうですが。
「あははは。西条野獣だもんねぇ」

「そうでもねーよ……」
　と、千葉くん。

　少しの静寂が流れて、

　真紀ちゃん。
「千葉くん、今日はありがと。あたし、うれしかったよ」
「…………」
「……千葉くん？」
「………Zzzzzz」
「千葉くん……寝ちゃった？」
「そうみたいだね。アルコール入ってたし」
「あはは。豪快ねぇ。こんな草の上で」
「いつものことだ。夜露が落ちるくらいになると勝手に起きるよ」
「千葉くんらしいね……」
　真紀ちゃんは、自分のはおっていたウィンドブレーカーを脱ぐと、千葉くんの上にそっとかけました。

　僕と真紀ちゃんは、これといった会話をするでもなく、黙って星空をながめていましたが、
「あ！　ほら。流れ星よ」
「え？　どこ？」
「見えなかった？」

「うん」
「流れ星を見つけるにはね。コツがあるんだよ」
　と、真紀ちゃん。
　真紀ちゃんは、どうやら本当に天体が好きなようです。

「空を全部眺めちゃだめ。よくばって全部見てたら見つからないんだよ」
「ふうん」
「空のね。1/4だけにしぼってね。じーっと。そこだけ見てるんだよ」
「1/4だけ？」
「そう。目をそらしちゃダメだよ。じーーーっと……1カ所だけ……」
「じっと……1カ所だけか……」

「あ！　ほら！」
「ほんとだ！」
　スーっと、長い尾をひいて、星がひとつ落ちたかと思うと、すぐそのそばから、もうひとつ。

「あ。ラッキー！　2連続」
「そうね。星のメドレーリレーだ！」
　うまいこと言うな。真紀ちゃん。

それからしばらく、僕と真紀ちゃんは、流れ星を探し続けていました。

「‥‥‥中学のときね。男女混合メドレーってあって」
「水泳で？」
「そう。千葉くん、アンカーだったんだけどさ」
「うん」

「その前があたしで。でも、あたし、その時足がつったの」
「へぇ‥‥‥」
「結果、ビリ。それまで２位だったのに」
「あー、なんか、それ覚えてる」
「あ、覚えてた？　あ。新聞部だったもんね。君」
「うん」

「もしあたしがまともに千葉くんにタッチしてたら１位だったかもしれないのに‥‥‥」
「気にするなよ。そんな古いこと」
「千葉くんもあの日、そう言ってくれた」
「そか」
「気にすんなって。来年があるだろって。３年なのに」
「あはははは。それは来年はないなぁ」

けれど真紀ちゃんは、
「ううん……。だって、あたしそれで千葉くんおっかけてこの学校入ったから」
「え？　そうなの？」
　真紀ちゃんはコクンとうなずきました。

　あ……ひょっとして………。

「あたしは……。千葉くんが……好き。中学からずっと」
　今度は僕がコクンとうなずきました。

「黙っててね！　絶対だよ？」
「ああ……。うん」

「叶うなんて思ってないけどねー」
　そう言って。真紀ちゃんはまた黙りました。

　流れ星を見るには、全体を見ていてはだめ。ただ１カ所だけをずっと見つめ続けること。それはきっと、真紀ちゃんの不器用な恋そのものなのでしょう。

「あ！　ほら！　また！」
「ほんとだ！」

夜空に続く星のメドレー。

　千葉くんはそれも知らず、寝息をたてていましたが、少し寒かったのか、自分で、真紀ちゃんのかけたウィンドブレーカーを上にあげました。

　それを見た真紀ちゃんは、ちょっとだけ幸せそうに微笑(ほほえ)みました。

第15話　シルエット泥棒

　いいかげん首も疲れてきた頃、真紀ちゃんが言いました。
「ねぇ。君も星、見ない？」
「見てるじゃん」
「そうじゃなくって望遠鏡」
「あ‥‥‥いいの？」
「もう先生くらいしか起きてないと思うんだ」
「そいじゃ‥‥‥」

　が、アルタイル側にたどりつくと、まだ望遠鏡を覗いている女子の姿がありました。

それが。和美ちゃん。

　代表の男性が、方向を示すために、肩に手をあてています。
　躊躇してしまう僕。
「あらら」
　気まずさに気づいたのは、真紀ちゃんが先でした。

　ラジカセからポール・モーリアが流れていて、それなりにロマンチックです。
「『天使のセレナーデ』だ‥‥‥」
　と、僕。
「なんのこと？」
「ああ。ラジカセの曲」

　音楽に耳をかたむけていた真紀ちゃん。
「ロマンチックだねー」
「うん‥‥‥‥。やるもんだな‥‥‥」
　自然に口をついた言葉です。
「あんたもね。さっさと素直になったほうがいいよ？」
「だからなんのことだよ」
「和美」
「はぁ？」
「とられても知らないよ？」

そう言うと真紀ちゃんは駆け出して、和美ちゃんのところへ行くと、さかんになにか話していました。

　僕のほうを振り向いた和美ちゃんは、一瞬驚きましたが、真紀ちゃんに肩をたたかれて、ゆっくりと僕の方へと歩いてきます。

　真紀ちゃんとずっといた後のせいか、比較対象としての和美ちゃんは、ずいぶんと女っぽく見えて僕を驚かせました。僕にとっての和美ちゃんは、中学の時の「ボーイッシュな子」のイメージしかないのです。

「ご用事って……なに？」
　和美ちゃんが、ちょっとうつむきかげんに言いました。

「え？」
　真紀ちゃん。勝手に気を使ったのでしょうが、用事などないのですから答えようがありません。
　そもそも、和美ちゃんが僕を好きなのは、みんなにおなじみでしたが、僕は違いました。

　えっと……。
　困ったな……。

和美ちゃんは、タンクトップにホットパンツという極めてラフなスタイルで、昼見た時と違う服を着ていました。
　僕には、彼女が、あの男性のたくさんいる中、わざわざ着替えていたことが、突然、不愉快に思えてきて、
「ふうん。着替えたんだ？」
　そのまま口から出ていました。

「あ‥‥‥‥」
　和美ちゃんは、ちょっと困った顔をして、
「ゴメンナサイ‥‥‥。昼暑かったでしょ？　汗かいちゃって‥‥‥」
　なんで僕にあやまる必要がある？
「別にいいけど。目のやり場には困るかな？」
　皮肉が口をつくのはなぜ？
　自分を好きだと公言している女の子が、男といたから？

　和美ちゃん。それを察したのか、
「あたし‥‥‥。着替えてくる」
「え。別にいいよ。似合ってるじゃない？」
　ガキ‥‥‥。

「着替えてくる。ちょっと待ってて」
　和美ちゃんはテントへと走っていきました。

ところが、和美ちゃんの入ったテントに明かりがついて。

　彼女はまったく気づいていないようですが、テント内の明かりが、和美ちゃんの着替えるシルエットを映しだしていました。

　上着をあげて、
　今、ホットパンツ脱いだ‥‥‥。
　そのしぐさのひとつひとつに、
　僕は、胸が破裂しそうになって。

　やがてバレー部の合宿のときのようなスタイルで戻ってきた和美ちゃん。
「これで。いい？」
　いいもなにも‥‥‥。
　僕は言える立場でもないわけで。

「馬鹿だな。着替え、全部テントに映ってたよ」
「え‥‥‥‥‥」
　テントを振り返って、和美ちゃんは、また困惑した表情になりました。
「明かり。消さないと」
「あ‥‥‥‥」
　夜空の下でも、わかるほど顔を赤らめた和美ちゃんは、

「でも‥‥‥。見てたの君だけでしょ？」
「え？　そうだね。たぶん」

　和美ちゃん、ちょっとはにかむと、
「じゃ‥‥。別にいい」

　僕と和美ちゃんは、花火大会の前夜に橋で別れた時以来の再会でした。
　こんなに。かわいかったっけ？

　それはきっと、星のメドレーを見た後だから、と勝手に自分に納得させて、
「少し、歩くか」
「うん‥‥‥」
　和美ちゃんは、かすれた声で答えました。

・・・・・・・・・・・・・・・・・・・・・・・・・・・・・・
第16話　米研ぎばあさん

　一緒に歩く、といっても、キャンプ場で歩ける道は１本しかありません。
　駐車場から続く１本道。
　思えばジェミー。この１本しかないのに迷うとは天才的。

普段、口数の多い僕ですが、和美ちゃんといて、話し始めるのはいつも彼女です。
「お昼‥‥‥。不愉快そうだったね」
「え？　別にそんなことないよ」
　そして、いつも「子供」なのは僕です。

「学校の女の子、総どりですもんね。面白くもないか‥‥‥」
「ははは。別に学校の女の子だからって、僕らのものでもあるまいし」
　西条はそう思ってたみたいだけどね。

　僕の右の手に和美ちゃんの指が当たるのを感じて、僕は目だけをそこに落としました。
　見ると、彼女の小指が、せいいっぱい背伸びしてがんばっているのが、いじらしくて。

　いじらしくて。

　でも、ここで手をつないだら、「YES」ですから、そうもいきません。

「天の川」

僕は、彼女の小指とふれていたほうの手で、空を指さしました。
「ミルキーウェイって言うだろ？」
「英語？　へぇ……知らなかった」
「え？　知らないの？」
「うん。どうしてミルキーウェイ？　あ。ミルク流したみたいに白いから？」
「近い」
「え？　牛乳じゃないの？」
「うん。実際は母乳の道」
「ぼ、母乳？」
　胸の大きい和美ちゃんは、意識したのか少し照れました。
「そう。女神ヘラの母乳が余って流れ出したんだって」
「へぇ……」
　僕にすれば、触れそうな手をごまかすためだけの会話だったので、それ以上続きません。

　が、ちょうどキャンプ場入り口付近で、
「あれ？　誰か来た」
　キャンプ道の奥から、早足でこっちに向かってきます。

「あ。青砥じゃないか」
「あ！」
　青砥はバツの悪そうな顔をしましたが、和美ちゃんに向

かって、
「お、俺らは帰っからよ！　先輩にそう言っといてくれ！」
　和美ちゃん、
「え？　今から？」
「おお！　こんなとこいれっか！」
　青砥は、怒ったようにそう言うと、自分たちのオートバイに分乗して、山を下っていきました。

「どうしたんだ？　あいつら‥‥‥」
「さぁ‥‥‥。ずいぶんとリーダーからみんなの前で怒られてたし‥‥‥。それでかしら」
「それにしたってこんな夜中に‥‥‥」

　僕は、青砥たちがいた方向に足を向けました。
　別にそれが気になったのではなく、他に行く所がなかったからですが。

「ん？」
　暗い地面に少し赤い光が見えました。

「あ‥‥‥。あいつら。タバコ吸ってたな？」
「ほんとだ‥‥‥」
　消し忘れの燃えさしが、１本。他に靴ですりつぶしたの

が6本。
　さほどに時間がたっていないのか、タバコの匂いがまだしています。

　タバコを吸っていれば、水泳のタイムが落ちるのは当たり前です。
「青砥のやつ。仲間選びを間違ったな‥‥‥」
「なんのこと？」
「あいつ水泳部なんだぜ？」
「あ‥‥‥。そういえばそう言ってた」
「馬鹿なやつ」

　でも。なんで逃げるようにして帰ったのでしょう？
　タバコも見つかった？
　考えられる。

　が。

「ん？」
「どうしたの？」

「音‥‥‥」

「音？　せせらぎ？」

「違う‥‥‥」

　ザザ、ザ、ザ‥‥‥

「な、なんの音かしら？」

「あ。米研ぎばあさんだ‥‥‥」
「‥‥ええええ‥‥‥‥」
　和美ちゃんは、僕の背中にピッタリと抱きつきました。

　ザザ、ザ、ザ‥‥‥

「間違いない。このあたりだから」
「‥‥‥‥‥」

　和美ちゃんは、僕の背中にくっついて離れません。
「か‥‥‥帰ろ？」
「そうもいかない。これ見に来たんだから」
「なんで君って、そんなしょうもない勇気だけはあるわけ？」
「え‥‥‥。しょうもないはないだろ？」
「だって‥‥‥‥！」
　他にどういう勇気がいるのでしょう？

青砥たちも、タバコを吸っていてこの音を聞いたのでしょう。

　しかし。音は間もなくやみました。
「あれ？　聞こえなくなった‥‥‥」
　夜のしじま、せせらぎだけの静寂が帰ってきました。
　おとずれた静寂のほうが、さっきより恐怖を煽ります。

　パキ‥‥‥

　ラップ音のような音がして、

「キャーーー！」

　和美ちゃんが僕の腕の中に飛び込んできました。
　咄嗟に和美ちゃんを守る僕。

「誰だ!?」

「先輩〜〜〜〜〜〜」
「なぁんだ‥‥‥‥」
　ジェミーかぁ‥‥‥‥。

「いやぁ〜〜〜。カセット取り替えに来たら、あの人たち

番外編　星のメドレー　305

がここでタバコ吸い出してて」
「やっぱり青砥たちか」
「はい。自分はタバコ吸ってて、千葉先輩の妨害するなんて許せません！」
「それで‥‥‥。米研ぎの音を？」
「はい〜〜〜〜〜〜」
「よくそんな音源あったなぁ」
　米研ぎの録音、などというのは当然ないわけで。

　するとジェミー。
「あ、あの音はですねぇ〜〜」
　そう言って、ラジカセをつけました。

　ザザ、ザ、ザ‥‥‥
「あ、FMのノイズかぁ」
「そうです〜〜〜。そう聞こえるでしょ？」

　ザザ、ザ、ザ‥‥‥
「うまいなぁ。ははははは」

「ところで先輩〜〜〜〜〜〜」
「ん？」
「いつまで抱き合ってるんですか？」

第17話　デッドヒート

バンッ!!!

スターターピストルの音がプールに反響して、各選手が一斉にプールに飛び込みました。

ザブーン！

水しぶきがプールサイドにまで届きます。

大会の花形。男子200m個人メドレー。
千葉くんは１コース。青砥は、４コースでした。

いつもは内輪以外では、あまり盛り上がりのない水泳競技でしたが、今回は違います。
僕たちは、千葉くんのために、ひろみちゃん、奈穂ちゃん、亜也子ちゃん、萌ちゃん、友美ちゃん、伸子ちゃん、つまりは、天体観測に来たメンバーとキャンプ中に交渉。
本日の応援へと誘ったのでした。
もちろん部員である真紀ちゃんの姿もあります。

「千葉クーン！　がんばって〜〜〜〜♪」
「千葉くーーーん！　ふぁい〜〜〜〜♪」
　他の男子選手もうらやむ黄色い声援団。

　個人メドレー競技は、バタフライ→背泳ぎ→平泳ぎ→自由形の順で泳ぎます（これに対し、メドレーリレーは背泳ぎ→平泳ぎ→バタフライ→自由形の順）。
　差がつきやすいのが最初のバタフライと、最後の自由形。
　が、千葉くんは、もともとがバタフライの選手。今回、期待の優勝候補です。
　すでに、記録保持者＝青砥の記録を、タイムでは上回っていました。

　予想通りの展開で、青砥と千葉くんのデッドヒート！

「青砥、意外にやるなぁ」
「ほんとだ」

　そして最後の自由形。
　見た目では、千葉くんのほうが、わずかに早くターン！

　いける！

　が‥‥‥‥。

クロールのターン後、速度が落ちてしまい‥‥‥。
「あ～～～～～‥‥‥‥‥‥」

　結局、千葉くんは２位に。

　それでも青砥には勝ちました。
　青砥は屈辱の３位でした。

「千葉ぁ。おしかったなぁ」
「なんで最後速度落ちたんだ？」
「いや～～～～。それがよ～～～」
　千葉くんが指で「顔をよせろ」合図。
　こういう場合、たいていはろくな話ではないわけですが、
「お前ら、天文の女子つれてきたろ？」
「おお。やる気出ただろ？」
「それがよくない」
「なんで？」

「お前らの角度じゃわからんだろうがな。プールはサイドより低い」
「うん、うん」

「女子が体育座りしてると見えるんだな～。これが」
「なにが？」

「魔の三角州」
「三角州?」

「友美は、今日はイエローだった!」
「おお～～～～～!」

「って、お前、そんなもん見る余裕あったのか!?」
「もうクロールで呼吸のたびによ～～～。見えるんだ。魔の三角州が」
　アホ……。

　が、みんなは、
「うん。魔の三角州見えたんじゃしょうがねぇ」
「うん。ありゃ男にはたまらん!」
「うんうん、清い負けかただ」
　そうかなぁ……。

「そいでよ～。サポーターがさぁ。痛くって」
「サポーター?」
「ほら。こう、下向きにしてはくからな。サポーター」
「ほぉ……」
「水の抵抗増えてな～～～～」
　水の抵抗……。増える状態になったのか?　泳いでいる最中に?

「それが舵になってまっすぐ進まん」
「うそつけっ!」
「見栄はるな」

「つーか、痛てぇ。今も」
　水泳パンツに手をつっこむ千葉くん。

「わははははは」
「馬鹿だ。こいつ」
「大物だなぁ～～。千葉～～～～」
　大物ではあるかもしれません。
　県大会なのに。

　と、そこに「水の抵抗」の原因となった女子たちが集まってきました。
「千葉く～～～ん。おしかったねぇ」
「最後、どうしちゃったの～～～?」

「あ!　魔の三角州だ!」
「友美!　俺にも見せろ!」
「なに?　それ?」

「いやぁ。こんなことなら真紀で練習しとくんだったな

ぁ」
「なんの？」
　と、真紀ちゃん。
「三角州の」
　そんな練習あるのでしょうか？

　原因はともかく、千葉くんは勝っても負けても、さばさばした性格です。

　負けた青砥が、我々のところへとやって来ました。
「千葉……。負けたよ」
「おお。勝ちたきゃタバコやめろ」
「ああ……。こないだからやめた。祟られるしな」
「祟られる？」

「俺……あの日……聞いたんだぜ。米研ぎばあさん」
「ほほぉ………」

第18話　C-120

　千葉くんの夏の一大イベントも終わり、僕たちはグレート井上くんの家で、心霊資料のまとめをやっていました。

「こないだの米研ぎばあさん、カセットこれで全部か？」
「ああ。全部で８本」
「なんか録れてた？」
「ジェミーが、音入ってたやつにマークしてるって」
「え？　やっぱ録れてたんだ？」
「ほんとかよ！」
「どれどれ」
　いやおうなく沸き立つ僕たちです。
「お！　これだこれだ！」
　千葉くんが「×マーク」のしてあるカセットテープC-120発見。

「おお。さっさと聞こうぜ！」
「あせらせんなって！」
　カセットデッキに入れて、ボリュームをあげました。
「ジェミーは、最後のほうって言ってた」
「よし。キューだ」

　ザーーーーーーーー

「なんだ。なんにも録れてねぇじゃん」
「またジェミーの思い込みかぁ？」

　さらに早送り。

番外編　星のメドレー　　　313

キュキュ……
「そこだそこ!」
「なんか入ってるぞ!」

　耳をすますと、なにか、かすかに、会話らしきものが聞こえてきました。

　﹅………………………﹅
　﹅…………﹅

「誰かしゃべってる!」
「巻き戻せ!」
「早くしろよ!」
「おお。あせらせんなって!」
　これがあせらずにいられましょうか?
「健吾、ボリューム上げてみろ!」

「シッ!」

　﹅…………﹅

　﹅………そか﹅

〝気にすんなって。来年があるだろって。3年なのに〟
〝あはははは。それは来年はないなぁ〟
〝ううん……。だって、あたしそれで千葉くんおっかけてこの学校入ったから〟
〝え？　そうなの？〟

〝あたしは……。千葉くんが……好き。中学からずっと……〟

JASRAC 出0810696-801

―――― **本書のプロフィール** ――――

本書は二〇〇七年五月に刊行された同名単行本（高陵社書店刊）所収の「小さな太陽」と、書き下ろし「星のメドレー」に加筆修正しました。

小学館文庫

ぼくたちと駐在さんの700日戦争 3

著者 ママチャリ

二〇〇八年九月十日　初版第一刷発行
二〇一一年六月十五日　第十二刷発行

発行人　佐藤正治

発行所　株式会社 小学館

〒101-8001
東京都千代田区一ツ橋二-三-一
電話　編集〇三-三二三〇-五一三四
　　　販売〇三-五二八一-三五五五

印刷——中央精版印刷株式会社

造本には十分注意しておりますが、印刷、製本など製造上の不備がございましたら「制作局コールセンター」（フリーダイヤル〇一二〇-三三六-三四〇）にご連絡ください。（電話受付は、土・日・祝日を除く九時三〇分〜十七時三〇分）

Ⓡ〈日本複写権センター委託出版物〉
本書を無断で複写（コピー）することは、著作権法上の例外を除き、禁じられています。本書をコピーされる場合は、事前に日本複写権センター（JRRC）の許諾を受けてください。JRRC〈http://www.jrrc.or.jp／
e-mail : info@jrrc.or.jp／
電話〇三-三四〇一-二三八二〉
本書の電子データ化等の無断複製は著作権法上での例外を除き禁じられています。代行業者等の第三者による本書の電子的複製も認められておりません。

この文庫の詳しい内容はインターネットで24時間ご覧になれます。
小学館公式ホームページ　http://www.shogakukan.co.jp

©Mama chari 2008　Printed in Japan
ISBN978-4-09-408304-0

時をも忘れさせる「楽しい」小説が読みたい！

募集 小学館文庫小説賞

【応募規定】

〈募集対象〉 ストーリー性豊かなエンターテインメント作品。プロ・アマは問いません。ジャンルは不問、自作未発表の小説（日本語で書かれたもの）に限ります。

〈原稿枚数〉 A4サイズの用紙に40字×40行（縦組み）で印字し、75枚（120,000字）から200枚（320,000字）まで。

〈原稿規格〉 必ず原稿には表紙を付け、題名、住所、氏名（筆名）、年齢、性別、職業、略歴、電話番号、メールアドレス（有れば）を明記して、右肩を紐あるいはクリップで綴じ、ページをナンバリングしてください。また表紙の次ページに800字程度の「梗概」を付けてください。なお手書き原稿の作品に関しては選考対象外となります。

〈締め切り〉 毎年9月30日（当日消印有効）

〈原稿宛先〉 〒101-8001 東京都千代田区一ツ橋2-3-1 小学館 出版局「小学館文庫小説賞」係

〈選考方法〉 小学館「文庫・文芸」編集部および編集長が選考にあたります。

〈当選発表〉 翌年5月刊の小学館文庫巻末ページで発表します。賞金は100万円（税込み）です。

〈出版権他〉 受賞作の出版権は小学館に帰属し、出版に際しては既定の印税が支払われます。また雑誌掲載権、Web上の掲載権及び二次的利用権（映像化、コミック化、ゲーム化など）も小学館に帰属します。

〈注意事項〉 二重投稿は失格とします。応募原稿の返却はいたしません。また選考に関する問い合わせには応じられません。

第11回受賞作
「恋の手本となりにけり」
永井紗耶子

第10回受賞作
「神様のカルテ」
夏川草介

第9回受賞作
「千の花になって」
斉木香津

第1回受賞作
「感染」
仙川 環

＊応募原稿にご記入いただいた個人情報は、「小学館文庫小説賞」の選考及び結果のご連絡の目的のみで使用し、あらかじめ本人の同意なく第三者に開示することはありません。